KB123921

다시 사는 재벌가 망나니 36

2023년 12월 21일 초판 1쇄 인쇄
2023년 12월 27일 초판 1쇄 발행

지은이 맹물사탕
발행인 강준규

기획 이기헌 왕소현 임동관 박경무 강민구 조익현
책임편집 금선정
마케팅지원 이원선

발행처 (주)로크미디어
출판등록 2003년 3월 24일
주소 서울시 마포구 마포대로 45 일진빌딩 6층
Tel (02)3273-5135 **Fax** (02)3273-5134
홈페이지 rokmedia.com **E-mail** rokmedia@empas.com

ⓒ 맹물사탕, 2021

값 9,000원

ISBN 979-11-408-1414-5 (36권)
ISBN 979-11-354-9456-7 04810 (세트)

다시 사는 재벌가 망나니

맹물사탕 현대 판타지 장편소설

36

ROK MEDIA

로크미디어

Contents

1장

대체 뭐가 어떻게 된 일인지, 박철민은 현실 파악조차 되질 않았다.

'조광 쪽 사람인 박순길은…… 방금 전에 다녀갔는데?'

죽은 사람이 돌아왔다는 말을 들으면 이런 기분과 비슷하지 않을까.

박철민은 비서가 대답을 기다리느라 서 있는 걸 깨닫곤 재빨리 명령했다.

"이, 일단 들어오시라고 해. 아, 그전에 방 좀 치우고."

"예, 사장님."

달각 문을 열어젖힌 비서는 문 앞바닥에 산산이 조각난 재떨이와 흩어진 꽁초를 발견하곤 흠칫 놀랐다.

"저……."

"됐으니까 얼른 치워."

"아, 네!"

비서는 얼른 빗자루와 쓰레받기를 가져와 재떨이며 꽁초를 치웠다.

그리고 박철민은 열린 문 틈 너머로 보이는 정장 차림의 사내를 발견했다.

사내는 박철민과 눈이 마주쳤음에도 가만히 이 상황을 지켜보다가 비서가 찻잔까지 치우자 그제야 발걸음을 옮겨 사장실로 들어왔다.

"실례하겠습니다."

"아, 예. 조광에서 오셨다고 하셨습니까?"

박철민은 아무런 일도 없었다는 양 비즈니스용 표정으로 그를 맞았다.

"예. 조광 그룹 경영기획 3팀 김갑일 실장이라고 합니다."

그러면서 김갑일은 명함을 꺼내 박철민에게 건넸다.

"……진짠가?"

그가 내민 명함에는 조광 그룹의 로고가 선명하게 박혀 있었다.

직책 또한 그가 말한 그대로…….

"진짜입니다."

아차, 생각하던 게 입 밖으로 나온 모양이었다.

"아, 아뇨. 그게 아니라……. 아, 일단 앉으시죠."

"예."

김갑일은 정장 재킷 단추를 풀지도 않고 소파에 앉았다.

"저, 마실 것은……."

"커피로 하죠. 진하게 부탁드립니다."

"예. 미스 리, 커피 두 잔."

대기하고 있던 비서가 사장실을 나서며 방문을 닫았다.

'뭐야, 조광 쪽에서 사람을 보냈다고? 그러면 방금 다녀간 박순길은 대체 누군데?'

혼란에 빠진 박철민과 단둘만 있게 되자 김갑일이 입을 뗐다.

"벌써 누가 다녀간 것 같군요."

퍼뜩 정신을 차린 박철민이 그와 마주 앉으며 얼버무리듯 대답했다.

"……하하, 네. 그랬습니다."

무표정한 얼굴로 물끄러미 박철민을 바라보던 김갑일이 다시 말했다.

"혹시 경찰이었습니까?"

"예?"

가슴이 철렁했다.

"하, 하하, 그게 무슨 말씀이신지……."

김갑일은 좌불안석인지 엉덩이를 들썩이는 박철민을 가만

히 바라보다가 다시 입을 뗐다.

"본론에 들어가기 전에 몇 가지 좀 물어보겠습니다."

이름값이라도 하려는 건지, 통성명을 한 지 몇 분 지나지도 않았는데 갑질을 해 댄다고 박철민은 생각했다.

'아니, 본사 쪽 사람이면 갑이 맞긴 하다만……'

박철민이 손에 밴 땀을 바지에 닦으며 대답했다.

"아, 예. 말씀하시죠."

"방금 전에 찾아온 사람, 이름이 뭐였습니까?"

……왜 그런 걸 물어보는 거지?

박철민이 주저하는 기색이자 김갑일은 담담한 말씨로 덧붙였다.

"혹시 본인을 일컬어 정진건이라고 하지 않던가요?"

"예?"

정진건?

김갑일이 덧붙였다.

"아니면…… 박순길."

"……."

우뚝, 굳어 버린 박철민을 보며 김갑일이 고개를 끄덕였다.

"박순길 씨였던 모양이군요."

"……아시는 분입니까?"

말하고 보니 아차 싶었다.

'당연히 아니까 이름을 말했겠지!'

김갑일이 대답했다.

"예."

김갑일은 잠시 뜸을 들인 뒤 말을 이었다.

"……다른 부서에 계신 분입니다."

박철민은 김갑일의 대답에 조금 안도했다.

'휴, 어쨌거나 조광 쪽 사람이긴 한 모양이군.'

김갑일이 고개를 숙였다.

"업무 동선이 겹쳐 사장님을 곤란하게 한 것 같군요. 사과 드리겠습니다."

"아, 아뇨, 아닙니다."

아무래도 CEO도 새로 취임했겠다, 한창 조직 개편 중이어서 부서간 소통이 원활하지 않은 모양이었다.

'……그렇다고는 해도 내가 좆된 건 마찬가지지만.'

그나저나 방금 전 그래도 살갑게 대해 주던 박순길과 달리, 일체의 감정도 드러내지 않는 김갑일을 대하는 것은 어렵고 불편했다.

'조광도 이런 사람을 외부 영업에 돌리나.'

박철민은 김갑일이 실장이라는 직책에 어울리지 않는 성격이라고 생각했다.

'그나저나 기획팀이면 본사에서도 엘리트일 텐데, 그런 사람이 여기까지 온 걸 보면 일손이 부족한 모양이군.'

김갑일이 고개를 들었다.

"그런데 박순길 씨는 지금 어디로 가셨습니까?"

"아, 박순길 씨는……."

대답하려던 박철민이 멈칫했다.

'이 사람한테 말해도 되나?'

생각해 보면, 이 일은 비즈니스가 아닌 범죄에 가까운 상황을 인력으로 타개하는 방안이었을 뿐만 아니라 어쩌면 마약 범죄까지도 연루되어 있을지 모를 일.

박순길을 앞에 두고 있을 때엔—그가 관련 이야기를 주도한 것도 있지만—비교적 자연스럽게 진행된 이야기를 김갑일에게 다시 말하려니, 박철민은 왠지 모를 저항감을 느꼈다.

김갑일은 그런 박철민을 물끄러미 보다가 입을 뗐다.

"그분과 부서는 다릅니다만, 아마 여기 온 목적은 같을 겁니다. 박철민 사장님과 마찬가지로 저희 역시 조광 그룹을 위해 힘쓰고 있으니까요."

"……아, 예."

곧잘 대답은 했지만 박철민은 떨떠름한 기분을 감추기가 힘들었다.

'지방에 혼자 내버려 둘 땐 언제고, 이제 와서 본사에 충성을 바치라는 것도 좀 그렇군.'

박순길과 달리 김갑일은 본사에 충성하는 모양이라고 생

각하며 박철민이 입을 뗐다.

"박순길 씨는 지금 양필두 회장님을 뵈러 가신 거 같습니다. 방금 양필두 회장님과 통화를 했거든요."

"양필두 회장이면…… 파라솔파 두목인 양필두 말씀입니까."

응? 이 사람도 다 알고 있는 건가?

박철민이 고개를 끄덕였다.

"예……. 그렇게도 불리지요."

"……그러면 일이 어떻게 돌아가고 있는지 들을 수 있겠습니까?"

"예? 그게……."

"사장님께서 박순길 씨와 나눈 이야기라도 듣고 싶습니다."

아무리 그래도 마약이 연루되어 있을지도 모를 일인데, 함부로 말하기는 조금…….

"돌아가는 상황은 저도 얼추 알고 있습니다. 추후 박순길 씨와 합류해 따로 입을 맞출 시간을 덜 겸 해서요."

"아, 예. 그러시다면……."

이야기를 듣는 내내 김갑일은 끼어들거나 맞장구를 치는 일 없이 묵묵히 듣기만 했고, 그사이 비서가 사장실에 커피 두 잔을 갖다 놓았다.

김갑일은 비서가 가지고 온 커피를 곧장 한 모금 마신 뒤,

커피 잔을 든 채로 입을 뗐다.

"계속해 주십시오."

"아, 예. 그래서……."

박철민이 눈치를 살피며 이야기를 마쳤을 무렵엔 김갑일 앞에 놓인 커피 잔이 바닥을 드러내고 있었다.

"잘 알겠습니다."

김갑일이 자리에서 일어났다.

"말씀을 듣고 나니 저도 곧장 박순길 씨와 합류해야 할 것 같군요."

"아, 가시려고요?"

김갑일이 불편했던 박철민은 그의 빠른 퇴장을 내심 반겼다.

"예. 커피 잘 마셨습니다."

김갑일이 발걸음을 옮기려다 말고 덧붙였다.

"아, 혹시 박순길 씨 연락처가 있으면 받아 볼 수 있겠습니까? 회사를 통하려니 조금 번거로워서……."

"아, 예. 물론이죠."

박철민은 별다른 의심도 하지 않고―심지어는 한 시라도 빨리 그를 내보내고 싶기도 했으니―박순길에게 받은 그 핸드폰 번호를 김갑일에게 알려 주었다.

박순길의 핸드폰 번호를 받아 적은 김갑일은 '그럼 실례하겠습니다' 하고 인사를 한 뒤, 입구까지 박철민의 배웅을 받고 그대로 차를 몰아 회사를 떠났다.

"……이거 참, 뭐가 어떻게 돌아가는 건지."

떠나가는 김갑일의 차를 바라보며 혼잣말을 중얼거린 박철민은 김갑일의 차를 따라 출발한 승용차의 존재를 눈치채지 못한 채 몸을 돌렸다.

한편, 박철민과 통화를 마친 양필두는 곰곰이 생각에 잠겼다.

'씁, 조광 금마들은 이 사업에서 손을 떼기로 하지 않았나?'

광남파를 칠 당시, 대놓고 말을 꺼내진 않았으나 부산 조폭 연합은 크게 두 분파로 나뉘었다.

광남파를 정리하고 난 뒤, 그들이 취급하는 마약을 어떻게 처리할 것인가.

하나는 최봉식을 필두로 한, 보신주의자들이었다.

본격적으로 마약이 나돌기 시작하면 정부에서 가만히 있지 않을 거라는 것이 그들의 견해였다.

다른 하나는 지금 부산 조폭 연합을 장악한 급진주의자들.

그들은 이번 일을 또 다른 기회라고 보며, 몇 해 전 대대적인 단속 이후 주머니 사정이 좋지 않은 부산 조폭계에 새로

운 바람을 불러일으킬 것이라 생각했다.

당시 조광을 대표하던 박진호(구봉팔)은 이들 급진주의자들의 손을 들어주었고, 양필두가 속한 급진주의자들은 그 물밑 작업에서 승리했다.

그들은 광남파가 거래해 오던 마약을 취급하기로 하고서 최봉식을 비롯한 보신주의자들을 정리하는 일에 성공했을 뿐만 아니라, 지금은 광남파 조직원 한 놈을 포섭해 그 물건을 받아 오는 일만 남은 상황.

그런데 이제 와서 조광이 다시 부산까지 내려와 감 놔라 배 놔라 할 생각인 거라면…….

'아니. 우째 됐건 일단 만나 보기는 해야 할 일이다.'

다른 때라면 몸을 사렸겠지만, 지금은 양필두도 타개책을 강구해야 할 때였다.

최봉식을 제거하고 봉식이파를 손에 넣은 서동호는 최근 선을 넘었다.

그럼에도 부산 조폭 연합이 서동호를 내버려 두고 있었던 건 '물건을 받기 전'에 일을 크게 벌일 필요가 없다는 생각과, 아직 그들이 피해 당사자가 아니기 때문에 불과했다.

'멍청한 놈들, 내 다음엔 서동호의 다음 차례인 것도 모르는 모지리들!'

아마 그렇게 생각하는 양필두 본인도 서동호가 다른 조직에 손을 뻗었더라면 잠자코 있었을 테지만.

또한 서동호를 내버려 두는 것엔 이미 연합 내부의 힘의 균형이 무너진 상황이라는 것도 한몫했을 것이다.

예전부터 부산 조폭계에서 알아주는 무투파였던 봉식이파는 서동호를 중심으로 광남파를 정리하는 데 앞장서며 명분을 획득했을 뿐만 아니라, 거기 있던 각종 '화기'마저 뒤로 빼돌렸다는 소문도 들려왔다.

이 상황에 물건이 들어오게 된다면, 힘의 균형이 맞춰지기는커녕 서동호에게 날개를 달아 주게 될 터.

그런 상황에 조광이 다시 부산에 모습을 드러냈다는 건 양필두 입장에선 기회이기도 했다.

'이제 와서 돌아보니 놓친 물고기가 탐이 나는 모양이군.'

다 끝난 이야기에 다시 숟가락을 얹으려는 행보는 괘씸했지만, 만일 이번에 조광을 끌어들여 주제도 모르고 나대는 서동호를 견제할 수만 있다면, 양필두는 손에 들어오는 현찰을 조금 줄여서라도 그렇게 해야 할 상황이었으니까.

결심을 마친 양필두는 부하를 소집해 박순길과 만나기로 한 장소를 물색하도록 명령했다.

모양새는 나지 않지만 사람이 적은, 탁 트인 장소가 적합할 것이다.

'태화 빌딩 앞쪽에 빈 땅이 있었지.'

최근 서동호와 갈등의 원인이 되는 곳이었지만, 양필두는 겸사겸사 거기에 조광을 끌어들여 태화빌딩이 누구의 구역인가 하는 걸 알릴 겸, 장소를 그곳으로 정했다.

만일 그 일로 서동호 측과 한판 붙게 된다면, 그건 그것대로 양필두가 바라는 바였다.

'오냐, 동호야. 잘 봐 둬라. 이기 이 바닥에서 수십 년을 구른 짬밥이라는 기다.'

위기를 기회로.

이는 조폭 비즈니스에도 통용되는 격언이었다.

그리고 양필두의 부하들이 태화 빌딩으로 우르르 몰려갔다는 소식은 근방에 부하들을 깔아 둔 김갑일의 귀에도 전해졌다.

"소, 소장님, 잠시 와 보셔야 할 거 같습니다!"

"무슨 일인데?"

"그게……."

직원의 말이 끝나기도 전 태화빌딩 건설 현장 사무실로 검은 양복 차림 사내들이 우르르 몰려오자, 소장은 멍한 얼굴로 그들을 보았다.

"저……."

딱 봐도 좋은 일을 하고 돌아다닐 것 같지 않은 집단이었다.

"어떻게 오셨습니까?"

자연스럽게 공손한 말씨를 건네자 그중 한 남자가 입을 뗐다.

"잠시 자리 좀 비켜 주시겠소?"

"예?"

그는 어디서 왔는지, 왜 왔는지조차 말하지 않고 다짜고짜 본론만 말했다.

"오늘 공사는 이쯤하고 좀 치란 말이오."

납기일과 씨름하는 것이 일인 현장 사무소에게는 달갑지 않은 이야기였다.

"하지만……."

남자가 품을 뒤적이자 소장은 움찔했지만, 남자는 그 책상에 툭, 하고 두툼한 봉투를 내려놓았을 뿐이었다.

"하루 정도면 되는데."

"……."

"뭣 하면 최 사장님께 연락도 넣겠소."

받은 돈보다는 저 험상궂은 인상의 압박감이 공사를 중단할 더 큰 이유로 와닿았다.

'쓥, 그러잖아도 깡패들이 이 현장 뒤를 봐 준다는 말이 있긴 했는데…….'

그 소문은 사실일 것이다.

현장에는 '감리 보조'라는 예정에도 없던 직책을 단 한량

한 놈이 스포츠 신문을 읽으며 시간을 때우다가 시간을 채우면 임금을 받아 가고는 했는데, 그는 딱 보기에도 '그쪽 인간'이었으니까.

'그런데 정작 그놈은 코빼기도 비치질 않는군.'

그러니 어쩌랴, 소장에게는 예의 '감리 보조'처럼 눈앞의 사내도 말이 통할 것 같지 않은 상대로 보였다.

그나마 돈이라도 던져 준 것에 감사하기로 해야 할 성싶다.

소장은 봉투를 챙기며 사내에게 물었다.

"저, 그래도 오후에는 작업을 속행해도 되겠습니까?"

"……."

결정권자조차 아닌지, 남자는 아무 대답도 하지 않았다.

"알겠습니다."

소장은 긁어 부스럼을 만들어 괜한 불똥이 튀기 전, 하는 수 없이 오늘 작업은 여기서 마무리하기로 했다.

'쩝, 콘크리트 양생하기 딱 좋은 날씨인데 말이야.'

소장이 일꾼들을 불러 모아 오늘 작업이 종료되었다는 걸 알리고, 현장에서 사람들을 죄다 빼낼 때까지 깡패들은 가타부타 아무런 말도 하지 않았다.

게다가 인원 대다수를 차지하는 일용직 노동자들은 오히려 일찍 작업이 끝나 싱글벙글한 얼굴을 감추지도 않았다.

일꾼들이 건설 현장을 빠져나가자마자 사내는 양필두에게

전화를 걸었다.

"회장님, 시키신 대로 다 정리했습니다."

—오냐, 곧 가마. 니는 그 박순길인가 뭔가 하는 서울 아나 안쪽으로 모시라.

"예, 회장님."

사내는 전화를 끊은 뒤, 박순길을 맞이하러 발걸음을 옮겼다.

⟨⟩

그 시각, 파라솔파가 태화건설 현장을 덮쳤다는 소식은 사무실에 있던 서동호에게도 전달되었다.

"뭐라꼬? 그거 확실한 이야기가?"

"예, 행님. 거기 있던 상태 금마가 부리나케 전화를 했습니더. 파라솔파 놈들이 작정하고 들어와가……."

쾅!

탁자를 주먹으로 내려친 서동호는 빠득, 하고 이를 갈았다.

'새끼, 설마 전쟁을 하자는 건가?'

하필이면 조광 쪽 사람으로 보이는 남자가 나타난 이런 날에…….

'아니. 이런 날이니까 온 건가?'

서동호는 금세 흥분을 가라앉히고 생각에 잠겼다.

'아마도, 조광에서 왔다는 놈은 지금 양필두랑 만날라 하는 걸 끼다. 그리고 양필두는 조광에서 온 놈이랑 만날 장소로 거길 고른 걸 끼고……. 훤하군, 훤해.'

피식, 웃음이 새어 나왔지만 눈은 웃지 않았다.

"혹시 일호 쪽에 핸드폰 갖고 있는 놈 있나?"

그 살기등등한 모습에 부하가 식은땀을 흘리며 대답했다.

"없습니더, 행님."

이일호는 물론이고, 그와 합류한 부하들 중에도 핸드폰을 가진 놈이 없단 말에 서동호는 인상을 찌푸렸다.

'이럴 때 핸드폰이 없으니 불편하구먼.'

서동호가 쯧, 하고 혀를 차며 말했다.

"그라믄 보는 대로 전화하라고 일호한테 삐삐…… 아니지."

그가 아는 이일호라면 삐삐를 확인하는 즉시 미행을 그만두고 전화부터 걸 녀석이었다.

그래서야 지금 하는 미행조차 놓치고 말 터.

'암만 요즘 애들은 삐삐로 할 말 못 할 말 다 씨부린다고 하지만은.'

그렇다고 해서 '추적은 유지하되 도착하는 즉시 연락해라'는 복잡한 내용을 삐삐로 전달할 수는 없을 것이다.

서동호는 곧 차안을 내놓았다.

"……일단 태화빌딩 쪽에 애들 출동시키라."

"예, 행님!"

"대신, 거기서 뭘 하건 일단 끼어들지 말라고 당부해 두고. 알았나?"

"예, 행님!"

서동호의 명령을 받은 부하가 서동호의 개인 사무실을 나가자마자 '집합!'하고 소리쳤다.

'……흠.'

서동호는 손 안에 호두알 두 개를 데룩데룩 굴리며 생각에 잠겼다.

양필두의 수작질쯤이야 손바닥 위를 보듯 훤했지만, 지금 같은 상황은 그도 상정하지 못한 예상 밖의 사태였다.

'조광이 오고, 금마가 양필두랑 만났다카믄…… 그다음엔 마동철이랑 만날라카나?'

양필두는 연합에 조광을 끌어들여 상황을 조정하고자 할 터.

'……똘마니들한테 회장이라 불리니까 지가 이제 뭐라도 된 줄 아나.'

빠직.

서동호의 손 안에서 호두가 바스러졌다.

작정하면 양필두쯤은 상대하지 못할 것도 없다.

하지만 조광만큼은 예외였다.

'……그라믄 이쪽은 이쪽 나름대로 움직일 뿐이다.'

서동호는 탁탁 손바닥을 훑어 호두 부스러기를 바닥에 쳐 낸 뒤, 핸드폰을 꺼내 전화를 걸었다.

'여기가 태화 빌딩이라는 곳인가?'

'스케줄을 살펴보겠다'던 양필두는 얼마 뒤 다시 전화를 걸어 박순길에게 태화빌딩이라는 곳으로 와 줄 수 없냐고 물었다.

그러며 그는 태화빌딩이 어디에 있는지, 꽤 자세한 주소를 불러주었는데, 택시기사도 태화빌딩이 어디 있는 건물인지 모르는 눈치였지만 주소를 불러 주니 '아, 그쪽이요' 하고 고개를 끄덕였다.

'광안리면 그래도 바닷가 같은데, 거기서도 별로 이름난 건물은 아닌가?'

그러고도 조금 헤맨 끝에 목적지에 도착하고 나서야 박순길은 그 이유를 알 수 있었다.

'이거, 아직 공사 중인 건물이었구마잉.'

박순길은 '태화빌딩'이라고 적힌 공사장 입간판을 보고서야 자신이 제대로 장소를 찾은 것임을 깨달았다.

'그나저나 사람을 이런 곳으로 불러내고 말여…… . 사람 하나 죽여 불라고 그러나?'

그런 생각을 하며 박순길이 픽 웃었고, 마침 전화가 걸려
왔다.

"여보세요."

ㅡ박 형사. 현장에 도착했나?

택시를 타고 오는 동안 정진건에게 대략적인 상황을 전달
해 둔 터였다.

"예, 방금 도착했습니다. 정 형……님께서는요?"

혹시 모르니 박순길은 지금부터 '형사님'이라는 호칭보단
'형님'이라는 호칭을 입에 붙이려 했다.

ㅡ나도 그쪽으로 가는 길이네. 그래, 주변은 어떤가?

"공사 현장치고는 꽤 조용하구만요."

마치 일부러 사람들을 빼낸 것처럼.

그 말만으로 사정을 얼추 눈치챈 정진건이 수화기 너머로
당부의 말을 전했다.

ㅡ아무튼 조심하게.

정진건도 '무모했다'느니 '일을 너무 벌였다'느니 하고 싶은
말은 잔뜩 있었지만, 이미 그럴 단계는 지난 듯 보였다.

"예, 물론이죠."

박순길은 현장에서 자신을 향해 다가오는 사내를 발견하
곤 덧붙였다.

"마중이 온 모양잉께 먼저 끊겠습니다."

ㅡ음.

박순길은 전화를 끊은 뒤, 사내에게 보란 듯 손을 들어 보였다.

"혹시 양 회장님 사람입니까?"

사내가 빠른 걸음으로 다가왔다.

"박순길 님이십니까?"

"예."

"안쪽으로 모시겠습니다."

먼지 풀풀 날리는 공사 현장에 모시고 자시고 할 게 있을까 싶었지만 박순길은 군말 없이 그 뒤를 따랐다.

"양 회장님은 안에 계십니까?"

"……곧 오실 겁니다."

사내는 불필요한 말은 하지 않겠다는 듯 무뚝뚝하게 대답했다.

'흠, 이거 보소? 뒤늦게 장소를 만들었나 보구마잉.'

부하들을 닥닥 긁어모았는지, 안쪽으로 갈수록 '깡패'들이 더 많이 보였다.

일부러 태연한 척하고 있었지만, 박순길은 내심 호랑이 굴로 들어가는 기분이 이럴 거 같다고 생각했다.

'그나저나 내 미행꾼들은 뭘 하고 있으려나?'

박순길은 사무실에 앉아 저 길 건너 주차되어 있던, 대운유통에서부터 따라온 승합차를 의식하며 양필두의 부하가 타온 믹스 커피를 홀짝였다.

한편, 이일호는 길 건너 주차한 승합차 안에서 박순길이 태화빌딩 현장으로 들어가는 것을 지켜보았다.

'쯧, 하필 저긴가.'

이 근처로 올 때까지만 하더라도 설마 했지만, 그(박순길)의 최종 목적지는 최근 태풍의 눈이 되고 있던 태화빌딩이었다.

'대체 무슨 꿍꿍이로…….'

위쪽에서 벌어지는 일은 잘 모르지만 태화빌딩 쪽은 자신이 속한 세력이 접수를 마쳤던 것 정도는 알고 있던 이일호는 입술을 잘근잘근 씹어 댔다.

'현장을 파라솔파 놈들이 장악한 건가? 그러면 동호 형님께 연락을 해야…… 아니 아마 이미 어느 정도 보고는 갔을 텐데.'

그때, 이일호의 눈에 현장으로 미끄러지듯 들어가는 검정 세단이 보였다.

"행님, 저거 양필두 차 아닙니까?"

"그래. 나도 본 적 있는 거 같다."

분명, 양필두의 차였다.

'양필두가 여길 직접 왔다고?'

그럼 대운유통을 방문했던 그 사내는 양필두를 오라 가라 할 정도의 거물이었던 걸까.

'어쩌면 조광 쪽 인간일지 모른다는 내 추측이 맞아떨어진 거 같군.'

뿐만 아니라 이미 '양도'가 끝난 현장에 양필두가 모습을 드러내기까지 했다.

'이건 보통 일이 아니야.'

양필두의 행선까지 확인한 뒤에야 이일호는 뒤늦게 승합차 문을 열었다.

"전화 좀 하고 오마."

"예. 그런데 일호 행님, 저희는 우짤까예?"

"……동호 형님 말씀이 있기 전까진 대기하고 있어."

이일호가 당부의 말을 더했다.

"무슨 일이 있어도 나오지 마라."

"예, 행님."

그런데 전화를 하러 나간 이일호는 꽤 오랫동안 돌아오질 않았다.

부하들이 잡담을 하고 있을 때, 검정색 승용차 한 대가 현장 안으로 미끄러지듯 들어갔다.

'저건 또 누구야?'

어디보자, 양필두는 방금 들어갔고…….

양필두의 부하인가?

그런데 어째, 번호판이 서울이다.

'이거 어쩌지?'

하지만 그들은 이일호의 명령을 따라 그 자리에서 기다리는 것 외에 다른 도리가 없었다.

그쯤, 이일호는 공중전화 부스를 찾아 낯선 거리를 헤매고 있었다.

'이거, 도통 공중전화 박스를 찾을 수가 없군.'

개똥도 약에 쓰려면 없다더니 평소엔 발에 채일 정도로 흔하게 보이던 공중전화 부스도 막상 찾으려니 잘 보이질 않았다.

'차라리 근처 상가 전화를 빌려 써야 하나? 아니 괜히 눈에 띌 필요는 없고.'

바닷가 쪽으로 내려가면 찾을 수 있을지도 모르겠다고 생각하며 이일호는 발걸음을 빠르게 했다.

가을 바다라고 말하면 낭만은 느껴지지만, 그 말에는 찾아오는 이 없는 쓸쓸하고 고적한 풍취도 함께 녹아 있는 법이다.

관광지로 유명세를 떨치고 있는 해운대에 비하면 광안리는 아는 사람만 아는 그런 곳이었고, 심지어 지금은 여름휴가 시즌도 한참 지난 상황.

그만큼 광안리 바닷가 모래사장엔 사람 그림자도 드문드문했고, 아스팔트 도로를 끼고 바닷가를 따라 조성된 상가 건물 인근에도 오가는 사람이 드물었다.

'그런데 여길 먹어 봐야 나중에 돈이 되긴 될라나……. 아,

여기 있었네.'

바닷가를 접해서야 공중전화 부스를 찾아낸 이일호는 그 곳으로 향했지만, 하필이면 선객이 있었다.

바지 주머니 속에 손을 넣고 동전을 절그럭거리며 다가간 이일호는 문득, 묘한 기분을 느꼈다.

'⋯⋯음?'

그건 이렇다 할 뚜렷한 느낌은 아닌, 동종업계 사람이 풍 기는 기세 비슷한 무언가를 맡았다는 직감이었다.

'설마 파라솔파?'

이일호는 공중전화 부스 앞에 선 사내와 눈싸움을 하듯 눈 을 마주쳤다.

이일호가 그들로부터 낌새를 느낀 것처럼, 저들도 이일호 에게서 같은 느낌을 받은 것이리라.

'여기서 싸우는 건 좀 그런데.'

게다가 저들이 숫자도 많고, 여기서 파라솔파와 싸웠다간 서동호에게 폐가 되는 일.

사내가 공중전화 부스를 툭툭 두드리자, 안에 있던 사내가 밖으로 나왔다.

"쓰시죠."

"예, 감사합니다."

이일호는 사내의 말에서 느껴지는 억양이 어색하다고 생 각했다.

'하지만 적의는…… 없군.'

그럼에도 이일호는 그들이 멀어질 때까지 기다렸다가 공중전화 부스 문을 열어 둔 채로 사무실에 전화를 걸었다.

위장 신분을 유지한 채 적진 한가운데서 마시는 커피 맛은 각별했다.

'게다가 여기서 죽으면 말 그대로 뒤처리까지 한 번에 이루어지는 셈잉께.'

일단 정진건에게 자신의 행방은 알려 두었지만, 그것도 죽고 나면 소용없는 것이다.

그런 상황에 박순길은 허세를 부려, 자신을 데리고 온 사내에게 슬쩍 말을 붙여 보았다.

"그나저나 양 회장님은 많이 바쁘신 모양입니다?"

"……."

예상대로 사내는 대답하지 않았다.

박순길은 지금 이들이 자신에게 호의적인지 적대적인지조차 가늠하기 힘들었다.

'이거야 원……. 설마 내 정체를 간파했나?'

박순길이 예상한 바에 의하면 이들은 지금 마약 관련 사업에도 발을 걸친 상태다.

그러니 이들은 설령 박순길의 정체가 광수대 소속 경찰임을 알아도 개의치 않을지도 모를 일.

'정 형사님 말씀대로…… 쪼까 성급했나?'

박순길이 이런저런 생각에 잠겨 있을 때, 포진해 있던 부하 하나가 전화를 끊으며 사내에게 귓속말을 했다.

사내는 고개를 끄덕이곤 부하들에게 지시했다.

"나가자."

"예!"

양필두가 온 모양이다.

우르르 사무실을 빠져나간 부하들은 각각 양측으로 정렬하고 서며 양필두를 맞이할 준비를 마쳤고, 검정 세단이 멈춰 서자 조수석의 부하가 부리나케 뒷좌석 문을 열었다.

"오셨습니까, 회장님!"

"오셨습니까, 회장님!"

부하들이 복창하며 허리를 넙죽 굽혔다.

'지랄을 한다, 지랄을 해.'

박순길은 양필두가 허례허식에 찌든, 아마도 모종의 콤플렉스로 가득한 인간일 거라고 생각했다.

'이거 레드카펫을 깔지 않은 것만큼은 칭찬해야 할랑가.'

박순길은 떨떠름한 기분을 애써 감추며 당당히 걸어온 양필두를 미소로 맞았다.

"안녕하십니까, 양 회장님. 전화로 인사드린 박순길이라고 합니다."

양필두는 박순길의 인사를 받으며 악수를 권했다.

"양필두요. 서울서 오셨믄서면서요."

"예."

"부산까지 먼 길 오시느라 욕봤소. 자, 들어가서 이야기하십시다."

양필두가 박순길과 나란히 걸으며 말을 이었다.

"그나저나 여기까지 혼자 오셨습니까?"

박순길은 방심하지 않고 말을 받았다.

"아뇨, 원체 일이 바빠서 부득이 따로 움직이고 있습니다."

동료가 있으니 허튼짓할 생각은 하지 말라는 암시를 담아서.

"그랬군요."

아랑곳없이 대답하는 양필두를 보며 박순길은 그가 자신의 암시를 이해했는지 궁금했다.

두 사람은 양필두의 부하가 열어 준 문을 통해 사무실 안으로 들어섰다.

"자, 그럼."

도열한 부하들을 등지고 당당히 상석에 앉은 양필두가 입을 뗐다.

"박순길 씨라 하셨소."

"예."

"내는 박순길 씨가 무슨 일로 여기까지 찾아오신 건지 궁금하구먼."

박순길은 대답하기 전 그 주위의 부하들을 둘러본 뒤 에둘러 요청했다.

"어째 듣는 귀가 많은 거 같습니다만."

"여기서 하는 이야기가 새 나갈 걱정은 하실 거 없소. 그래도 뭐 정 불편하시다면야……."

양필두가 손가락을 딱딱 튀기자 사내가 다가왔다.

"예, 회장님."

"석호 니만 남고 다른 애들은 다 내보내라."

"……알겠습니다."

사내는 가타부타 따지는 일 없이 부하들에게 손짓했고, 부하들은 명령이 떨어지자마자 우르르 사무실 밖으로 나갔다.

"이제 됐소?"

"어이쿠, 이렇게 해 주실 것까지야……. 그래도 감사드립니다."

이왕이면 단둘만 남는 게 더 좋겠지만 이 정도면 뭐, 그럭저럭.

박순길이 손바닥으로 바지춤을 슥 훑은 뒤 말을 이었다.

"회장님도 바쁘실 테니 빙 둘러 가는 일 없이 좀 단도직입적으로 부탁 좀 드리겠습니다. 제게 마동철 씨를 소개해 주시겠습니까?"

양필두가 눈썹을 씰룩였다.

"마순태 씨 조카인 마동철 씨 말씀이오?"

"예. 모쪼록 그분을 만나 뵙고 상의를 하면 해서요."

"……흠."

양필두가 앉은 자세를 고쳐 앉았다.

"그건 어렵지 않지만…… 상황이 상황이다 보니 박순길 씨가 왜 그런 요청을 하셨는지 좀 들었으면 싶소."

'상황'이라.

박순길은 머릿속으로 박철민에게 주워들은 부산 조폭계의 동향을 정리하며 대답했다.

"별일 아닙니다. 이번에 저희 조광에서 사업체 하나를 꾸리게 되지 않았습니까? 그 일로 부산에 연줄이나 하나 만들어 보자는 의미입니다."

"사업이라면 그 신문에 나온……."

"예. J&S컴퍼니 건으로 말입니다."

시동이 걸리자 박순길의 입에서 거짓말이 술술 흘러나왔다.

"회사에서도 이번 프로젝트를 꽤 유심히 보고 있습니다만, 그렇다고 사전에 아무런 고지도 없이 들어오면 불필요한 오해가 생기지 않겠습니까?"

"……."

넘어온 건가? 아니면…….

"계속하시오."

"예. 그 과정에 몇 가지, 여기 계신 분들의 도움이 필요할지도 모르니 저는 회사를 대신해 여러분께 미리 인사를 드리고 양해를 구하고자 하는 것뿐입니다."

당초 계획과 달리 생각 이상의 거물을 만나고 말았지만, 깊이 파고들어 갈 필요는 없다.

당면한 박순길의 목표는 어디까지나 마동철과 접촉하여 그 의도를 알아내는 것이니까.

양필두가 고개를 끄덕였다.

"뭐, 그런 이유라면야 얼마든지 소개해 드리지요."

"감사합니다."

"그런데 말이오."

양필두가 어조를 고쳐 말을 이었다.

"개인적으로 궁금한 게 있소만."

내심은 무슨 일인가 싶어 가슴이 덜컥하기는 했지만, 박순길은 내색하지 않았다.

"말씀하시지요."

"오해는 말고 들으시오. 오늘 박진호 씨나 김민수 씨 말고 박순길 씨가 오신 이유가 뭡니까?"

아, 그건가.

박순길은 속으로 박진호와 김민수에 대해 들어 두길 잘했다고 생각하며 미리 준비한 대답을 내놓았다.

"아, 그거 말이죠. 회사 내부 이야기를 다른 분께 들려드리기는 조금 조심스럽긴 합니다만······."

그러며 박순길은 여진환에게 들었던 그의 자가 분석을 곁들여 가며 대답을 이어 갔다.

"조광도 지금 조금 혼란스러운 상황이거든요. 그 왜, 얼마 전에 CEO도 새로 취임하셨고······."

"저도 대강은 주워들었습니다만, 혼란스럽다고 표현하실 정도입니까?"

"'조금'입니다."

남의 일이긴 하지만 양필두가 조광의 혼란을 바라지는 않을 것 같다고 생각한 박순길은 그 말을 짚고 넘어갔다.

"허허, 조금이군요."

"CEO님도 이제 막 들어오신 참이어서 아직은 영향력이 부족하거든요. 게다가 이번에 J&S컴퍼니 사업안을 발표한 게 조설훈 전 사장님의 따님이시다 보니, 그 바람에 '조금' 혼란스러운 상황입니다."

"그랬구려."

"이래서 되도록 듣는 귀가 적었으면 하고 말씀드린 겁니다만······ 아, 이건 어디 가서 말씀하시면 안 됩니다?"

"물론이오."

휴, 대충 넘어간 거 같군.

'그래도 이야기가 길어지면 거짓말이 밑천을 드러내고 말

거야. 얼른 마무리를 지어야지.'

한편 고개를 끄덕여 대답하곤 생각에 잠겨 있던 양필두가 씩 웃으며 물었다.

"허면, 지금 박진호 씨는 어디 계시오?"

"예? 아, 그게⋯⋯."

양필두는 '부서가 달라서요.' 하고 거짓말로 대답하려는 박순길의 말을 끊었다.

"우리는 지금껏 박진호 씨를 통해가 조광이랑 잘 지내 왔다고 생각해 왔소. 그런데 그 책임자인 진호 씨는 어데로 가고, 인제와가 박순길 씨가 턱하고 나타나뿌른."

양필두가 의미심장한 표정으로 물었다.

"지금꺼정 그러기로 했던 이야기도 전부 새로 해야 한다는 의미요?"

"에이 그럴 리가요."

박순길은 적당한 대답으로 시간을 벌며 머리를 굴렸다.

"이런 상황이지만 그래도 회사의 방침은 변하지 않습니다."

혹시 그는 처음부터 자신이 경찰임을 알아보고 있었던 걸까?

'아니 그럴 리가. 양필두 점마는 지금 그냥 단순히 푸념을 늘어놓는 걸 끼라.'

애써 그렇게 생각하면서도 박순길은 지금이라도 양필두를

붙잡고 이 소굴을 빠져나갈 준비를 해야 하지 않을까, 고민했다.

"그리고 말씀하신 박진호 씨는 지금 꽤 바빠서요. 그래서 부득이 한가한 제가 대신해 자리를 했습니다, 하하."

"흠, 박순길 씨, 박진호 씨랑 잘 아는 사인가 보네."

"예, 뭐, 조금……."

"거 이상하구먼."

양필두가 미간을 찌푸렸다.

"내가 알기로 박진호 씨는 부산에 있다고 아는데……. 혹시 그새 자리를 옮겼나?"

씁, 그랬어?

"아하하, 예. 제가 뵀을 땐 그랬습니다."

"그랬구려. 그라믄 잠시 전화 좀 해 주실 수 있겠소?"

그 요청에 박순길은 입안이 바싹 마르는 기분을 느꼈다.

'좆됐네.'

지금이라도 무언가, 해야 할 때는 아닐까.

이를테면 지금 당장 경찰임을 밝힌다거나……,

'씨알이나 먹힐지 모르겠네. ……아니 벗어날 방도가 한 가지 있긴 하다.'

앞서 박철민의 이야기를 들으며 박진호가 혹시 구봉팔 본인이 아닐까 가설을 세웠던 박순길은 그 내용을 엮기로 마음먹고, 어조를 고쳐 답했다.

"실은 말입니다, 회장님이 알고 계신 박진호 씨는 제 위치에서는 함부로 전화를 걸기 힘든 분이십니다."

"……그게 무슨 의미요?"

"당시엔 그분도 부득이 박진호란 가명을 대야 했습니다만 그때는 그럴 수밖에 없었던 걸 이해해 주십시오."

"……말해 보시오."

"예. 박진호 씨는 사실……."

괜찮을까?

'에라, 모 아니면 도다.'

박순길은 일단 이 자리를 벗어나기 위한 거짓말(?)을 입에 담았다.

"……구봉팔 이사님 본인이십니다."

"허어."

양필두도 놀란 눈치였다.

그야 놀라겠지, 말한 박순길 본인부터가 상식 밖의 일이라고 생각했으니까.

"박진호가 실은 구봉팔 이사님이었다니, 일이 우째 그리 되었는가?"

"……회장님도 당시 구봉팔 이사님이 서울에서 습격을 받았다는 소문은 들어 보셨을 겁니다."

"음, 나도 들었소."

박순길은 광수대 내부에서 나돈 가설을 입에 담았다.

"다행히 구봉팔 이사님은 무사하셨습니다만 그분은 그 습격의 배후로 광금후를 의심했고, 광금후에게 힘을 보태고 있는 것이 광남파라고 생각했습니다."

슬슬 시동이 걸렸는지, 박순길의 입에서 즉흥으로 지어낸 거짓말이 술술 흘러나왔다.

"그래서 일부러 대외적으로 그런 소문을 낸 뒤, 요양하는 척 부산에 오셨던 거고요. 동시에 직접 나서 정보를 수집하는 한편 광금후의 돈줄인 광남파를 정리하려 하셨던 거였습니다."

"……."

지금 하는 말이 제대로 먹히고 있는지 아닌지는 모른다.

그도 그럴 것이 박순길은 그들이 말하는 박진호의 인상착의도 모르고, 그는 어디까지나 스스로 밝힌 대로 구봉팔의 심복에 불과할지도 모른다.

양필두가 다시 입을 뗐다.

"……그러면 박진호, 아니 구봉팔 이사님은 처음부터 우리 부산 조폭들을 이용하려고 하셨단 거요?"

아차, 그게 그렇게 되나?

이쪽 설정으로 가도 이건 꽤 곤란한 상황인 건 마찬가지 아닐까.

"그건 그렇다고 하기보단……."

박순길이 어떻게 둘러댈지 망설이고 있을 때, 누군가가 사무실 문을 두드렸다.

"행님, 잠시만 나와 보시겠습니까?"

사무실 밖으로 내보낸 양필두의 부하 중 하나인 모양이었다.

대화의 흐름이 끊긴 것에 양필두는 표정에 노골적으로 언짢은 기분을 드러내면서도 대기하고 있던 사내에게 손짓을 했다.

"나가 봐라."

"예, 회장님."

이번엔 무슨 일이람.

박순길은 찜찜한 기분을 느끼며 양필두를 보았다.

"회장님, 정말로 바쁘신 모양입니다."

"그러게 말이오."

대답은 그렇게 하면서도 양필두는 다른 꿍꿍이를 품고 있는 것처럼 보였다.

'바쁘신 거 같으니 대화는 다음에 계속…….' 하자고 말하려는데 벌컥 문이 열렸다.

사내가 말했다.

"회장님, 조광 그룹에서 오신 손님이랍니다."

"……그래?"

양필두가 그윽한 표정으로 박순길을 보았다.

"말씀하신 일행이 오신 모양이구려."

"……."

거리상 정진건이 도착할 시간은 결코 아니었으니…….

'옘병, 망했네.'

박순길은 그렇게 생각했다.

세상은 이 자리에서 당장 벗어나고 싶은 박순길의 생각은
안중에도 없는 것처럼, 조광에서 왔다는 정장 차림의 남자는
흔들림 없는 걸음걸이로 사무실에 들어섰다.

그는 박순길과 양필두를 번갈아 보았다가 양필두에게 먼
저 인사했다.

"처음 뵙겠습니다, 회장님. 조광 경영기획 3팀 김갑일 실
장이라고 합니다."

박순길은 그를 보며 달리 정말로 조광 그룹에 속한 인물인
듯하다고 생각했다.

"양필두요."

양필두는 김갑일이 내민 명함을 받아 슥 훑어보곤 씩 웃으
며 박순길을 보았다.

"아, 이쪽은 알고 계시는지……."

"예. 박순길 씨 말씀이죠. 알고 있습니다."

엥? 나를 알고 있어?

당황한 박순길을 뒤로하고 김갑일이 말을 이었다.

"부서가 달라서 뵙는 건 처음이지만요."

그러며 김갑일은 박순길을 물끄러미 쳐다보았고, 박순길은 그 시선에 반사적으로 맞장구를 쳤다.

"아, 예. 처음 뵙겠습니다, 김갑일 실장님."

양필두는 둘을 번갈아보며 흠, 하고 추임새를 넣었다.

"일단 앉읍시다."

양필두는 다시금 상석에 자리를 잡았고, 김갑일은 박순길과 마주보는 자리에 엉덩이를 붙였다.

"이거 참, 조광 그룹에서 부산에 두 분씩이나 파견하실 줄은 몰랐습니다."

김갑일이 양필두의 말을 담담히 받았다.

"부서 간 소통이 제대로 되지 않아 회장님을 번거롭게 한 점, 사과드리겠습니다."

"아니, 뭘. 사과할 것까지야."

양필두가 헛기침 후 말을 이었다.

"두 분이 부서가 다르다고 했는데……. 내 조광 쪽 일은 잘 모르지만 그라믄 부서 두 개가 일 하나에 덤벼 든 꼴이 되겠구먼. 하면, 부산 쪽 일은 여기서 누가 책임자인 거요?"

박순길은 공연히 김갑일의 눈치를 살폈고 김갑일은 여전히 담담한 투로 답했다.

"부서 간 우열은 없습니다. 저 역시 이번 일에 박순길 씨가 먼저 오신 것에 조금 놀라고 있으니 여기서 그 일을 조금씩 조율해 가면 좋을 듯합니다. 다만 한 가지 말씀드릴 수 있는 건, 저나 박순길 씨나 부산과 조광 양측에 시너지가 되는 방향으로 일을 진행하고자 한다는 점입니다."

거, 꽤나 청산유수구먼.

'김갑일이랬나? 내가 여기 있는 걸 저 사람이 어떻게 알았는가는 모르지만서두……. 일단은 임시 동맹인 셈 칠까.'

박순길은 무해한 선에서 맞장구를 쳤다.

"김 실장님 말씀대로입니다. 비록 업무에 혼선이 생기긴 하였으나 회장님께서는 모쪼록 저희 조광이 그만큼 이 일을 중요하게 생각 중이라는 것으로 이해해 주셨으면 합니다."

그제야 양필두는 조금 흡족한 얼굴이 되었다.

"허허, 뭐 그런…… 신경 쓰지 마시오. 일이라는 건 항상 완벽하게 돌아갈 수는 없는 노릇이니까."

그도 그럴 것이 업무 공유도 제대로 돌아가지 않는 조광의 다른 부서에서 각각 자신을 찾아왔다니, 허영심이 강한 그 성격에 이 상황을 즐기면 즐겼지, 꺼려 할 일은 아닌 것이다.

김갑일이 박순길을 보았다.

"박순길 씨, 번거롭게 해 드려 죄송합니다만, 제가 오기 전까지 어떤 식으로 이야기가 진행되고 있었는지 들어 볼 수 있겠습니까?"

박순길은 상황이야 어찌 되었건 일단 이 자리를 모면하기 위해서라도 손을 잡자고 생각했다.

"아, 예. 실은 저도 온 지 얼마 되지 않아서 별 이야기는 없었습니다."

그러면서 박순길은 내심 양필두가 자신이 세운 가설—박진호와 구봉팔이 동일인물이라는 내용—을 퉁치고 넘어가 주길 바랐다.

"오히려 본격적인 이야기가 진행되기 전에 김 실장님이 와 주셔서 다행이란 생각마저 듭니다."

이 말로 인해 박순길은 상황의 주도권과 자신의 생사여탈권을 김갑일에게 넘기는 셈이었지만, 그는 이번 도박에 걸어보기로 했다.

'김 실장의 입장이 어떤지는 모르겠지만 지금은 나를 척지려는 것 같지는 않으니까.'

만약 하려고 했다면 김갑일도 곧장 '저자는 가짜'라는 식의 폭로를 할 수 있었을 텐데도 그는 그러지 않았으므로.

'겸사겸사 조광이 왜 여기 와 있는지도 확인할 겸해서.'

그때 변수인 양필두가 끼어들었다.

"뭐, 그렇지만은 않았습니다. 우리는 꽤 깊은 이야기를 주고받았고……. 이야기를 하다 보니 조광에 계신 구봉팔 이사님과 아는 사이인 것 같은 뭡니까."

저 새끼가…….

양필두가 씩 웃으며 말을 이었다.

"그래서 구봉팔 이사님의 연락처를 받아 안부 인사라도 할까, 하던 차에 김 실장님이 오셨던 겁니다."

박순길은 그 태도와 말에서 혹시 양필두가 자신의 정체—경찰이라는 것은 둘째 치고 최소한 조광 소속임이 거짓말이라는 것까지—를 눈치채고서 의뭉을 떠는 게 아닌가 생각했다.

하지만 그건 박순길의 오해로, 양필두는 박순길이 실은 경찰이라는 것은 추호도 생각하고 있지 않았다.

'이것들이 박진호, 아니 구봉팔의 이름을 팔아서 한 따까리 해 볼 셈인 건 아닐까?'

이 장소로 오기 전까지만 하더라도 저들이 바란다면 어느 정도 이익을 내어줄 각오를 하고 있었지만, 조광이 이 정도로 적극적으로 나온다면 계산하던 것 이상을 뜯어 갈지 모른다는 걱정이 앞선 것이다.

'게다가 가만 보믄 말여, 조광도 지금 돌아가는 상황이 말이 아닌 거 같은데⋯⋯. 이대로 가면 구봉팔이가 우리한테 한 약속도 없던 일이 될지도 모르고.'

그는 '자신이 벌어들일 이익'에 조광이 개입하는 것처럼 보이는 상황을 견딜 수 없어 할 뿐인 소인배였다.

양필두가 말을 이었다.

"그래서 말인데, 혹시 구봉팔 이사님이랑 통화 한번 할 수 있겠습니까? 피차 모르는 사이도 아니고 말입니다, 허허."

젠장, 결국 상황이 또 이렇게 흘러가나?

박순길은 어떻게 하면 좋을지 몰라 슬쩍 김갑일의 눈치를 살폈지만, 김갑일은 아무런 대답 없이 가만히 앉아 있을 뿐이었다.

“지금은.”

김갑일이 벽에 걸린 시계를 힐끗 쳐다보았다.

“힘들 거 같군요.”

“……무슨 일로?”

“아마 구봉팔 이사님은 지금쯤 이철희 최고경영자님과 회담 중이실 겁니다.”

김갑일이 이철희를 언급하자 양필두의 눈썹이 씰룩였다.

“구봉팔 이사님이 이철희 CEO님이랑요?”

“제가 알기로는 그렇습니다. 그래도 정 통화를 바라신다면 그쪽 비서를 통해 언질을 넣어 두겠습니다.”

“……그럼 그리 해 주시오.”

적당히 넘어가질 않는군.

김갑일이 이 상황에 (자신이 그랬듯)금방 들통날 거짓말을 하는 것이라 생각한 박순길은 않는 괜히 초조한 기분에 휩싸였지만.

“알겠습니다. 그럼 잠시 실례하겠습니다.”

김갑일은 핸드폰을 꺼내 전화를 걸었다.

“……예, 경영 기획 3팀 김갑일 실장이라고 합니다. 혹시 지금 구봉팔 이사님과 통화 가능합니까? ……알고 있습니다.

중요한 안건이라고 전해 주십시오. 예, 기다리겠습니다."

김갑일은 핸드폰을 손에 쥔 채로 양필두를 보았다.

"잠시만 기다려 주십시오."

허세일까, 아닐까.

박순길은 양필두가 이쯤해서 '정 그러면 나중에 하지요, 허허' 하고 물러나 주길 바랐지만, 양필두는 지은 죄가 많고 속이 구린 인물이어서 남이 하는 말을 잘 믿지 않았다.

"……예. 기다리죠."

씁, 지금이라도 양필두를 제압해서 현장을 빠져나가야 하는 거 아닌가, 박순길이 고민하고 있을 때였다.

"예, 전화 받았습니다. 구봉팔 이사님, 경영 기획 3팀 김갑일 실장이라고 합니다."

엥, 진짜로 받았어?

어안이 벙벙한 박순길을 앞에 두고 김갑일이 통화를 이어 갔다.

"예, 다름이 아니라 부산에 계신 양필두 회장님께서 이사님과 꼭 좀 통화를 하고 싶다고 하셔서……. 예, 바꿔 드려도 되겠습니까? 감사합니다."

김갑일이 몸을 일으켜 양필두에게 핸드폰을 내밀었다.

"여기 있습니다."

"……."

양필두는 김갑일에게서 핸드폰을 받아들었다.

"여보세요."

―구봉팔입니다.

수화기 너머로 들려오는 건, 분명 양필두의 흐릿한 기억 속에도 남아 있는 목소리였다.

'진짠가?'

그럼에도 양필두는 마지막 의심의 끈을 놓지 않았다.

"아, 오랜만입니다. 바쁘신데 통화를 부탁드려서 죄송하게 되었습니다."

―아뇨, 괜찮습니다. 그런데 무슨 일이십니까?

구봉팔(?)은 언짢아하는 기색을 잔뜩 묻어 낸 채, 이번엔 목소리를 살짝 낮췄다.

―분명 '그쪽' 일에는 더 이상 관여하지 않겠다고 말씀을 드렸을 텐데요.

이건…….

'진짜 본인이로군.'

관련한 이야기는 구봉팔 본인이 아니고서는 알 수 없을 내용인 것이다.

그래도 양필두는 마지막으로, 구봉팔이 박진호 본인이었다는 확답이 필요했다.

"허허, 아뇨. 그 누구더라, 함께 오셨던……."

―…….

"어이쿠, 이거 갑자기 이름이 기억이 안 나누."

―……김민수 씨는 잘 지내고 있습니다. 왜 그러십니까?

본인이다.

그제야 낯짝이 두꺼운 양필두도 이 상황을 의심한 것에 '다소' 부끄러움을 느꼈다.

"허허, 아닙니다. 모처럼 조광에서 두 분이 여기까지 오셨다 보니 안부차 전화를 드렸을 뿐입니다."

고작 그런 이유로 자신을 불러낸 것이 퍽이나 불쾌했던 모양인지 수화기 너머 구봉팔의 목소리가 착 가라앉았다.

―그러셨군요. 죄송합니다만……

"이거, 바쁘신 줄도 모르고 실례했습니다. 먼저 끊으십시오.

―예.

구봉팔은 더 질질 끄는 일 없이 뚝, 하고 전화를 끊었다.

'……쓥, 거참. 그래도 따지고 보면 박 뭐시기로 우리를 속인 게 구봉팔 쪽 아니었나?'

양필두는 뒤늦게 따라온 불쾌감에 신경질을 내며 김갑일의 핸드폰을 소리나게 덮었다가, 다시금 눈치를 보았다.

"이거, 저 때문에 괜히 김 실장님 입장을 번거롭게 한 거 같군요. 죄송하게 됐습니다."

"아뇨. 괘념치 마십시오."

김갑일은 핸드폰을 받아 품에 넣었다.

한편 박순길은 그 상황을 보며 어안이 벙벙해졌다.

'그렇다는 건 참말로 구봉팔이가 부산에 내려왔단 말이여?'

당장 면피를 한 것까진 좋았으나, 이건 이것대로…….

'아니지, 이번 일은 아직 끝나지 않았응께 정신 똑똑히 차려야지.'

양필두는 양필두대로—욱하고 올라온 불쾌감은 잠시 접어 두고—이 상황을 확인하고 나니 단꿈에 젖었다.

'가만 보자, 그렇단 건 구봉팔이가 CEO인 이철희 쪽에 붙었단 거지?'

그래도 명색이 조직의 수장이어서 그런지 양필두는 현재보다 앞으로 찾아 올 미래를 그려 갔다.

'심지어 그때 약속은 여전히 유효한 거 같으니 이 상황을 잘만 이용해 묵으믄 서동호 금마도 못 나대게 할 수 있으렷다.'

이를테면 지금 있는 태화빌딩 건설 현장 일처럼.

생각을 마친 양필두는 분위기를 환기할 겸, 자리에서 일어섰다.

"거, 잠시 바람 좀 쐬지 않겠습니까?"

새삼 무슨 소리인가 싶었던 박순길은 반사적으로 김갑일을 보았지만, 그는 양필두를 따라 자리에서 일어섰다.

"그러시죠."

김갑일이 박순길을 쳐다보았다.

"박순길 씨도 함께 가시겠습니까?"

사실상 '이쯤하고 물러나시라'는 권유였다.

　박순길은 그에 동조해 잠시 '여기서부터는 김갑일에게 일을 맡기고 물러난다는 선택을 해 볼까' 하는 생각을 했다가, 돌아가는 상황이 심상치 않다는 것에 생각을 고쳐먹었다.

　'그렇다고 이제 와서 꽁무니를 뺄 수도 없는 노릇이제. 앞으로는 어떻게 되나 함 두고 보자고.'

　박순길도 뒤늦게 두 사람을 따라서 몸을 일으켰다.

　"예, 그러겠습니다."

　그 대답을 들은 김갑일의 표정에 언뜻 언짢은 기색이 스쳐 지나갔지만, 박순길은 이를 애써 무시했다.

　절그럭.

　구봉팔은 신경질적으로 수화기를 내려놓았다.

　'양필두가 나한테 전화를 하다니?'

　그가 박진호로 움직일 때 사용한 핸드폰은 폐기 처분했으니, 그 연락처로 전화가 걸려 올 리는 만무했다.

　하지만 양필두는 김갑일 실장이라는 인물을 통해 '구봉팔'을 찾았다.

　더군다나 그 자리엔 '조광'에서 파견한 사람이 둘씩이나 있었다고도 했다.

'⋯⋯즉, 조광은 내가 박진호란 이름으로 부산에 있었다는 걸 알고 있었다는 건가?'

어디서 이야기가 새어 나간 걸까.

'강이찬일 리는 없을 것이고⋯⋯. 조세화?'

거기까지 생각한 구봉팔은 설마 아니겠지 하는 생각을 하면서도 그 가능성을 떨치기가 힘들었다.

'어찌 되었건 상황이 곤란하게 됐군.'

구봉팔은 문득, 겁에 질린 얼굴로 안절부절못하는 비서의 존재를 눈치채곤 얼른 표정을 가다듬었다.

"전화 잘 썼습니다."

"예? 아, 네⋯⋯."

조광 그룹이 실은 어떤 곳이라는 소문과 실체야 어쨌건, 이곳에서 일하는 대부분은 제대로 면접을 보고 입사한 민간인들이다.

구봉팔 세대의 깡패들이 품고 있는 불문율에는 선량한 일반 시민에게는 피해를 끼치지 않아야 한다는 내용도 있었다.

'이제는 케케묵은 것들이지만.'

구봉팔은 의도치 않게 비서에게 겁을 주고 말았다는 것을 반성하며 이철희가 기다리는 회의실로 돌아갔다.

"오셨습니까."

"예."

이철희는 빙그레 웃는 얼굴로 구봉팔이 자리에 앉기를 기다렸다가 다시 입을 뗐다.

"번거롭게 해 드려서 죄송합니다. 김 실장도 원래는 이런 일로 전화를 걸거나 하는 분이 아닌데 말이죠."

"……아뇨. 도움이 되어서 다행입니다."

대체 어디까지 알고 있는 거지?

아침부터 자신에게 이철희의 호출이 있었다는 것부터가 놀랄 일이었다.

그도 그럴 것이 구봉팔이 생각하기로 이철희는 이사회의 동의를 얻어 선출된 CEO이니 응당 이사회의 꼭두각시일 터.

반면 구봉팔의 경우—구봉팔 본인은 일부러 내색하지 않고 있지만—다들 OB인 이사회와 대립하는 신세대의 중심으로 해석하고 있는 인물이었다.

그런 이철희가 자신을 불러냈다는 건 그가 자신을 포섭해 조광을 안정화하거나, 아니면 상하관계를 명확히 하려는 것, 그 둘 중 하나라고 구봉팔은 생각했다.

물론 구봉팔은 이철희 밑으로 들어갈 생각은 없었다.

회사의 너저분한 파벌 싸움에는 관심이 없었으나 그는 자신을 조성광에게 은혜를 입은 몸이라 생각해 왔고, 그 생각은 조세광 밑에서 하인처럼 부려지던 시절이나 중진이 된 지금도 달라지지 않았다.

그러니 구봉팔은 자신을 '굳이 꼽자면' 조세화 쪽 인간이라고 생각했으며, 그가 이성진과 이런저런 관계를 맺어 온 것

또한 그 연장선에 불과했다.

구봉팔은 자신이 만약 이 진흙탕 싸움에 끼어들어야 한다면 조세화의 편에 설 것이며, 나아가 그것이 조성광에게 입은 은혜를 갚는 길일 것이라고 생각했다.

그런 의미에서 구봉팔은 눈앞의 이철희가 경계해야 마땅한 대상임과 동시에 그 속을 읽기 힘든 쉽지 않은 적이라고 여겼다.

그도 그럴 것이 그는 얼마 전 임시주주총회장에서 조세화의 발표에 힘을 실어 주는 듯한 발언을 했다.

하지만 동시에 그건 조세화가 제대로 준비를 하지 않았더라면 공격으로 이어질 수 있는 지적이기도 했다.

'도대체 어쩌려는 걸까?'

그렇게 막상 이철희의 호출을 받아 회의실에서 그를 마주하고 있으려니, 그는 적극적으로 구봉팔을 포섭하려 들지도, 그렇다고 구봉팔에게 자신이 등에 업은 이사회의 힘을 과시하는 일도 없이 별거 아닌 이야기만 늘어놓았을 뿐이었다.

그리고 구봉팔은 그가 '이 전화'를 기다리고 있었던 것이란 확신에 사로잡혔다.

'그는 내가 이사회의 핵심이던 광금후의 몰락에 기여한 인물이란 걸 알고 있었던 거지.'

이철희가 다시 입을 뗐다.

"어디 보자, 어디까지 이야기했죠?"

"……Y구에 건설 중인 요한의 집 확장 시설 이야기 중이었습니다."

"아, 그랬죠. 이야기를 이어 가면 비록 지금은 다른 분이 재단을 맡아 주시고 있다고는 하나, 그래도 저희 계열사 중 한 곳인 일광건설 측이 계속 공사를 도맡아 주고 있으니 참 잘된 일이라고 생각합니다. 선대 회장님께서는 사회공헌 사업에 참여하고 계셨던 걸 세간에 드러내지 않고 계셨지만 장래를 생각하면……."

"……최고경영자님, 한 가지 여쭤보아도 됩니까?"

구봉팔은 예의가 아님을 알면서도 다시금 '아무래도 상관없는' 이야기로 돌아가려는 이철희의 말을 끊어 냈다.

이철희는 불쾌한 기색 하나 없이 빙긋 웃으며 고개를 끄덕였다.

"말씀하시죠."

구봉팔이 단도직입적으로 물었다.

"최고경영자님께서는 어디까지 알고 계시는 겁니까?"

"뭐가요?"

"……방금 전 일에 대해서."

이철희는 얼굴에 드리운 미소를 조금 거두곤 잠시 뜸을 들인 뒤 대답했다.

"잘 모릅니다."

"예?"

이게 지금 사람을 가지고 노나?

구봉팔이 욱해서 받아치려고 할 때 이철희가 말을 이었다.

"저는 어디까지나 김 실장이 구봉팔 이사님과 통화를 하고 싶다고 해서 그걸 전달해 드렸을 뿐입니다. 심지어 이사님이 김 실장과 무슨 통화를 했는지도 모릅니다. 이 정도면 답이 될까요?"

"⋯⋯."

기분 탓일지도 모르지만, 거짓말을 하는 것 같지는 않았다.

구봉팔은 전화를 받으러 회의실을 나왔을 때 살짝 열어 둔 문틈으로 이철희가 무엇을 하는지 지켜보았지만 그는 그 자리에 가만히 앉아 구봉팔의 통화가 끝나길 기다렸을 뿐이었다.

'그래도 어차피 내가 돌아가고 나면 그 김갑일 실장이란 사람에게 보고를 들을 테니, 구태여 지금 들을 필요가 없을 뿐이었겠지.'

구봉팔이 물었다.

"어차피 김갑일 실장에게 따로 보고를 받을 것 아닙니까?"

구봉팔은 말을 마치고서야 방금 던진 말에서 은근한 적의가 묻어나고 만 것에 조금 당황했지만 이철희는 아랑곳하지 않았다.

"그럴지도 모르죠."

"그러면⋯⋯."

"하지만 이사님이 듣지 말라고 하시면 듣지 않겠습니다."

구봉팔이 눈썹을 씰룩였다.

"그게 무슨 말씀이십니까?"

이철희가 웃음기를 거두며 되물었다.

"그러면 구봉팔 이사님, 제가 이 자리에서 '김 실장과 무슨 통화를 했습니까?' 하고 여쭤본다면 곧장 대답해 주실 수 있습니까?"

"……."

"그러니 저도 따로 요청할 생각이 없습니다."

이철희가 다시 미소를 지었다.

"뭐, 어디까지나 믿거나 말거나입니다만."

"……."

고마워해야 할지, 아니면 저 속 모를 꿍꿍이를 경계해야 할지.

'심지어 그 말마따나 나중에 보고를 받을지는 믿거나 말거나이기도 하고.'

아리송해하는 구봉팔을 보며 이철희가 담담한 어조로 말을 이었다.

"어제 SJ컴퍼니의 이성진 사장님과 저녁을 함께했습니다."

"예?"

"아, 그러고 보니 이사님은 이성진 사장님과 잘 아는 사이시죠?"

"……"

그는 자신이 이성진과 모종의 거래를 맺고 있다는 걸 알고 있는 모양이라고 구봉팔이 생각하는 사이, 이철희가 빙긋 웃으며 말했다.

"그도 그럴 게, 이사님께서 재단 이사장으로 계실 때 이성진 사장님이 공식 후원을 시작하셨으니 말입니다."

"……아, 예. 그렇습니다."

사람을 들었다 났다 하는군.

구봉팔이 이철희를 경계하며 물었다.

"그런데 그걸 왜 저에게 말씀하십니까?"

여기서 '왜 이성진을 만났냐'고 묻는 건 하책일 터.

이철희는 그런 노림수 따위 안중에도 없다는 듯, 심지어 그 질문이 다른 걸 묻고자 하고 있다는 걸 알고 있다는 듯이 대답했다.

"좋은 경영자 같더군요. 나이는 아직 어리지만 제 눈엔 나중에 지금보다 더 대단한 경영자로 발돋움할 것처럼 보였습니다."

"……"

"아무튼 이성진 사장을 만나서 이 기회에 J&S컴퍼니를 완전히 소유해 보는 건 어떻겠냐고 제안을 해 보았습니다."

구봉팔이 눈을 부릅떴다.

"그건……"

"물론 그전에 조세화 씨의 동의를 얻어 두었습니다. 조세화 씨도 이성진 사장님이 바란다면 그렇게 해도 좋다고 하더군요."

조세화까지도 이미 포섭한 건가?

만일 그 과정에 협박 비슷한 것이 개입해 있었다면, 구봉팔은 저 얼굴에 주먹을 갈겨 버리자고 생각했다.

"……세화가 그렇게 하라고 하던가요?"

"조세화 씨를 이름으로 부르시는군요. 이사님이 조세화 씨에게 의지가 되는 사람인 모양입니다."

"……."

"경영자적 입장에서 말씀드리자면, 저도 그게 더 좋다고 생각했습니다. 조세화 씨는 이성진 사장님이 아니죠. 냉정히 말해서 저는 조세화 씨가 이성진 사장님처럼 일과 학업을 병행할 수 있다고 생각하지 않았습니다. 나중에는 어떻게 될지 모르지만요."

이철희가 말을 이었다.

"J&S컴퍼니 역시도 처음부터 그걸 염두에 두고서 조세화 씨가 지분을, 이성진 사장님이 경영을 도맡는 형태로 구상을 한 것 같더군요. 게다가 조세화 씨는 곧 유학을 떠날 예정이라고도 들었기에, 저는 이럴 거라면 차라리 이성진 사장님이 회사의 경영권뿐만 아니라 지분까지 소유하는 것이 합리적이라고 생각했습니다."

구봉팔이 입을 뗐다.

"그래서야 조광 입장에서는 잘 차린 밥상을 타인에게 넘겨주는 모양이 될 텐데요."

이철희가 빙그레 웃었다.

"잘 모르면 그렇게 보일 수도 있겠죠."

흥, '잘 모르면'이라.

실제로도 본격적인 경영 공부를 시작한 지 얼마 안 된 구봉팔은 그 은근한 비꼼에도 아무 말을 못했다.

"하지만 순망치한(脣亡齒寒)이라는 말이 있습니다. 여기에 어디가 입술이고 이빨 인지는 중요하지 않죠. 중요한 건 J&S컴퍼니가 J&S컴퍼니로서 성립하기 위해서는 SJ컴퍼니와 조광 양측이 있어야 한다는 점입니다. SJ컴퍼니에겐 조광이 필요하고, 조광 역시도 SJ컴퍼니의 기술이 필요하죠."

"……즉, 설령 이성진…… SJ컴퍼니가 지분과 경영권 양측을 가져간다 하더라도 조광 입장에서는 문제 될 것이 없다는 말씀입니까."

"그렇습니다. 그러니 저는 경영권이나 지분에 관계없이 J&S컴퍼니의 성공은 조광에도 유의미한 이익을 가져올 것이라고 생각하고 있습니다. 오히려 그 과정에 조세화 씨가 가진 지분이 의사 결정에 방해가 될 수도 있다는 생각을 했으니까요."

그건, 경영자로서는 합리적인 사고였다.

조세화가 일정 지분을 가지고 있어야 한다는 생각은—그럴 의도가 없을지라도—어디까지나 이성진이 조세화를 배신하지 않도록 들어 둔 '보험'의 뉘앙스에 가까웠고, 조광으로 하여금 이는 자연스럽게 J&S컴퍼니라는 합자회사에 대한 신용으로도 이어진다.

하지만 이성진이 배신할 이유가 없다면, 그리고 '회사 설립'이라는 목적을 달성한 뒤부터는 조세화가 가진 과반 이상의 회사 지분이 장차 의사 결정의 장해가 되리라는 것도, 언젠가는 J&S컴퍼니에 찾아올 과제이자 그들이 극복해야 할 요소인 것도 사실이었다.

'그래서는 추후 증자를 하는 것조차도 조심스러워질 테니까.'

하지만 중요한 건, 그런 요소보다도.

"이성진 사장은 어떻게 했습니까?"

"거절하더군요. 사업가로서 신의를 어기고 싶지 않다나……."

예상대로였지만, 구봉팔은 내심 안도했다.

이성진은 조세화를 배신하지 않았다.

"그랬군요."

"예. 내심 정통적이고 좋은 사고의 소유자라고 생각했습니다."

이성진을 언급하며 한 차례 미소를 지은 이철희는 잠시 뜸을 들인 뒤 말을 이었다.

"다만, 그 거절을 개인적으로는 곤란하다고 생각했습니다."

"……무슨 의미입니까?"

구봉팔이 이철희를 노려보았다.

"'개인적으로' 곤란하다니요?"

구봉팔의 은근한 위협을 이철희는 슬쩍 흘려 넘기며 그 물음에 답했다.

"경영상으로는 아무런 문제 될 것이 없음에도 누군가는 조세화 씨가 가진 지분 그 자체를 문제 삼을 수도 있을 거라고도 보았거든요."

"……누군가?"

"예. 이를테면 이사회 중진들이라거나."

이철희가 구봉팔을 주시하며 말을 이었다.

"그래서 저는 어제 이성진 사장님을 뵙고 난 뒤, 구봉팔 이사님을 만나 뵈어야겠다고 생각한 거였습니다."

"……."

즉, 이철희가 하는 말을 믿는다면 그는 자신과 한편이란 소리였다.

2장

바람이나 쐬자는 식으로 말을 꺼내기에 근처 광안리 바닷
가로 가려나, 생각했던 박순길이었지만 장소는 예의 태화빌
딩 공사 현장이었다.

공사 현장 여기저기 뻗대고 서 있던 양필두의 부하들은 양
필두가 사무실을 나오자, 너나 할 거 없이 고개를 숙였고, 양
필두는 흡족해하는 티를 내지 않으며 뒤따라온 사내에게 말
했다.

"니는 좀 떨어져 있거라."

양필두의 말에 사내는 예, 하고 고개를 숙였다.

양필두는 얼마간 더 발걸음을 옮겨 부하들과 거리를 벌린
뒤에야 다시 입을 뗐다.

"원래 여기 태화빌딩이라카는 곳은 제가 최 사장이랑 계약을 해가 벌이고 있던 곳입니다."

다소 뜬금없는 발언이었지만 박순길은 양필두가 화두로 꺼낸 '원래'라는 말에 주목했다.

'이 새끼가 혹시?'

대운유통 박철민 사장에게 듣기로 양필두는 최근 봉식이파 서동호와 꽤 불미스러운 관계라고 했다.

박순길이 태화빌딩이라는 이 장소가 그 현상과 무관하지는 않은 것인가를 지적하기도 전에 양필두가 말을 이었다.

"그런데 서동호 금마가 얼마 전에 최 사장을 꼬득여갖구 여기를 냉큼 먹어 버렸지 뭡니까."

역시 그런 거였나.

박순길은 양필두의 수작에 말려들고 말았다는 것에 언짢음을 드러낼 뻔했다.

그 말에 잠자코 있던 김갑일이 양필두의 말을 받았다.

"서동호라면 봉식이파의 두목대행 말씀이십니까?"

김갑일도 관련해 얼추 알고 있었던 모양이었다.

"그렇소. 거, 애들 담배 심부름이나 하던 새끼가 인자는 내랑 맞먹을라 카는 거 보면 많이 컸지예."

그런 곳에 버젓이 조광 관계자인—척하는—자신을 불러낸 것을 보면, 양필두는 이런 상황에 자신의 이익을 챙기려 술수를 부린 것이 분명했다.

김갑일은 양필두의 눈에 뻔히 보이는 수작에 언짢아하는 기색을 내비쳤다.

"양 회장님, 저희는 부산에서 벌어지는 조직 간의 분쟁에 관여할 생각은 일체 없습니다."

"거참, 말을 하셔도. 내가 조광에 도와달라고 이러는 게 아니잖습니까? 어디까지나 그냥 안면을 튼 김에……."

보아하니 조광을 끌어들여 '중재'를 부탁하려는 것일 터.

'아따, 양필두 저 새끼. 빠져나갈 수 없도록 구멍을 팠구마잉.'

씁, 그냥 아까 적당한 선에서 빠져나갈 것을 괜히 나섰나.

그때였다.

'응?'

박순길은 묘한 위화감에 신경을 곤두세웠다.

그는 이 순간 모종의 위험신호를 감지한 것이었다.

그 신호를 깨닫자마자 박순길은 고개를 돌리며 외쳤다.

"피해!"

숙소에서 총과 차량을 챙긴 장이수와 염상훈은 곧장 대운유통으로 향했다.

그러나 정작 대운유통 앞까지 도착하고 나니, 이제부터 어떻게 해야 할지 거기까지는 생각이 미치질 않는 장이수였다.

"행님, 이제 우짤까예?"

품속의 권총을 의식하며 초조해하던 장이수는 운전석의 염상훈에게 버럭 신경질을 냈다.

"가만 쫌 있어 봐라. 지금 작전 구상 중이니까."

"……예."

아마 별생각 없을 것 같긴 했지만, 염상훈은 굳이 파고들려 하지 않았다.

'이 지랄도 하루이틀 일이어야지.'

대운유통의 박철민이 양필두 쪽과 암약 중이라는 것까진 그렇다 쳐도, 지금은 그 '전라도 사투리를 쓰던 놈'도 대운유통을 떠난 지 오래였다.

그러니 지금부터는 마땅히 대운유통으로 쳐들어가 박철민을 붙잡고 그 꿍꿍이를 추궁해야 옳겠지만, 장이수는 대책 없이 일을 벌이는 것과 달리 마지막 순간에 필요한 뱃심이 부족한 사내였다.

'뭐, 보아하니 오늘도 적당한 선에서 끝나겠네.'

그래서 염상훈은 이번에도 장이수가 결정적인 순간에 '작전상 후퇴'를 명할 거라고 생각하며 저 멀리 길 건너 대운유통을 바라보았다.

'오늘 여기까지 온 것만 해도…….'

그때 장이수가 염상훈의 팔을 툭하고 쳤다.

"상훈아, 저거 뭐꼬?"

"예?"

"회사 안에 저거 말이다."

염상훈은 눈을 가늘게 뜨고서 장이수의 손가락이 가리킨 쪽을 바라보았다.

"박 사장이네예. 그라고……."

거기엔 처음 보는 정장 차림의 사내가 박철민의 배웅을 받으며 차에 올라타고 있었다.

잠시 자리를 비운 사이 무슨 일이 있었던 걸까.

"점마는 뭐꼬."

염상훈이 장이수의 중얼거림을 받았다.

"글쎄예……. 행색이 왠지 사업하는 놈 같은데예?"

그냥 사업상 용무가 있어서 박철민을 만난 사람이 아니겠냐는 식의 답변이었지만.

"니한테 안 물었다."

장이수는 날 선 목소리로 염상훈의 말을 받아친 뒤, 어조를 고쳐 말을 이었다.

"저 까만 차 쫓아가자."

"예?"

"못 들읏나? 가자."

정장 차림의 사내가 탔던 차가 출발하자 장이수는 염상훈을 재촉했고, 염상훈은 속으로 구시렁거리며 애마의 기어를 바꿔 넣었다.

'나 원, 박철민한테 갈 용기는 없고 무슨 상관인지 모를 저 까만 차나 쫓아가는 거겠지.'

장이수와 염상훈이 탄 차는 검은 차를 쫓아갔다.

"행님, 점마 지금 광안리로 가는 거 같은데예."

"봐라, 내 뭐랬노. 점마도 양필두 밑에 아라 안캤나."

안 했는데요.

염상훈은 속으로 말을 삼켰다.

차라리 바짝 붙어 갔더라면 그 검은 차의 번호판에 '서울' 이 기재되어 있는 걸 볼 수도 있었겠지만, 염상훈은 언젠가 TV에서 본 어느 외화를 떠올려 거리를 벌려 차를 쫓았다.

이윽고, 검은 차가 태화빌딩으로 들어가는 모습에서 장이 수는 숫제 할 말을 잃고 말았고, 염상훈의 중얼거림만이 차 안을 떠돌았다.

"……진짠갑네예."

심지어 그곳은 자신들이 속한 봉식이 파가 아닌 양필두의 파라솔파 조폭들이 이미 점거를 해 둔 상황이었다.

"우짭니꺼, 행님."

"……좀 있어 봐라. 천천히, 한 바퀴 돌아라."

초조하게 다리를 떨어 대며 창밖을 바라보던 장이수는 '어' 하고 입을 뗐다.

"야, 야. 저기 저거 우리 조직 차 아이가?"

장이수의 말대로, 태화빌딩이 보이는 길 건너편에는 봉식이파의 승합차가 대기하고 있었다.

설마 전쟁이라도 하려는 걸까.

요즘 양필두의 히스테리가 극에 달했다는 소문은 들어왔지만, 그렇다고 이렇게 다짜고짜 밀고 들어올 줄은…….

"행님, 저기 보십쇼."

광안리 바닷가까지 오자, 공중전화 부스를 향해 걷고 있는 이일호가 보였다.

"일호 행님 아닙니꺼? 일호 행……."

퍽!

장이수의 손바닥이 창문을 내리고 이일호를 부르려던 염상훈의 뒤통수를 후려갈겼다.

"새끼야, 여기서 일호 행님 불러가 뭐 하게?"

"그야…….'

염상훈은 얻어맞은 곳을 매만지며 말끝을 흐렸다.

그러게, 자신들은 이미 이일호의 명령을 어긴 것이다.

그러니 여기 있는 꼴을 이일호에게 걸려서 좋은 꼴은 보지 못할 것은 분명했다.

'심지어 이수 햄은 총까지 갖고 왔으니…….'

게다가 기분 탓일지도 모르지만, 왠지 이일호가 이 차를 본 것 같았다.

장이수는 그런 생각을 하며 공중전화 부스로 들어가는 이일호를 백미러로 보았다.

'씁, 일났네.'

이래서야 나중에 이일호가 집합이라도 걸면 어중간하게 깨지지는 않을 것이다.

이일호는 저렇게 보여도 한번 화를 내면 불같이 화를 내는 인간이었으니까.

분명, 이일호는 이 명령 위반을 이유로 군기를 잡을 터.

다른 한편으로는 이런 생각도 들었다.

'가만 보자. 일호 햄이 여기 있다는 건……. 그 전라도 사투리 쓰던 놈도 여기 있단 거 아이가?'

그러며 장이수는 아까 본 조직의 승합차를 떠올렸다.

'흠, 그람튼 아까 그건 일호 햄이 끌고 온 아들인가?'

이일호가 공중전화 부스를 찾아 왔다는 것도, 서동호에게 '준비되었습니다' 하고 보고를 하려고 한 것이지 않을까?

장이수는 그렇게 중요한 일에 자신과 염상훈을 끌어들이지 않은 이일호의 태도에 약간 서운함을 느꼈다.

'그래도 지금 들어가기에는 숫자가 좀 적은데……. 그냥 감시만 하는긴가?'

떨떠름해하는 장이수의 귓가에 염상훈의 '어'하는 소리가 들렸다.

"행님, 저거…….."

"뭔데?"

고개를 돌려보니, 승합차 한 대가 태화빌딩 방향으로 들어가는 것이 보였다.

그 승합차 또한, 봉식이파 소유의 또 다른 차량이었다.

'증원이다!'

장이수의 머릿속으로 퍼뜩 깨달음이 왔다.

'그래, 맞다. 이건 분명 전쟁이다.'

그걸 자각하고 났더니 장이수의 머릿속에 아드레날린이 나오며 등줄기가 오싹해졌다.

염상훈이 힐끗 이일호를 살폈다.

"행님, 우짤까예. 한 바퀴 더 돕니꺼?"

"……."

그리고 이런 상황에, 이렇게 백 날 천 날 잔심부름이나 하다간 크게 될 수 없다.

동시에 장이수는 이 파라솔파와의 전쟁에서 선봉에 서는 자신을 상상했다.

'봐라, 게다가 내한테는 총까지 있다 아이가.'

큰 공을 세울 수 있으면 사소한 과오 따위야 덮이는 것.

결심을 마친 장이수가 염상훈에게 말했다.

"상훈이 니, 내 믿제?"

"예? 그야……."

"믿나 안 믿나."

"미, 믿습니더, 행님."

장이수는 후읍, 하고 심호흡을 하고선 말을 이었다.

"그라믄 드가자."

"예?"

"이건 전쟁이다."

"예에?"

"……이 기회에 파라솔파 놈들 끝장 내뿌고 우리는 위로 간다."

염상훈은 이 인간이 미쳤나, 하고 생각했지만, 정말로 눈이 번들거리는 꼴이 미친놈 맞는 것 같았다.

"동호 행님 안 계시나?"

―동호 행님은 지금 중요한 통화 중입니다.

"……그러냐."

이일호는 떨떠름한 기분을 감추지 않으며 말을 이었다.

"그라믄 니, 동호 행님한테 태화빌딩에 양필두가 떴다고 전해라."

―양필두가예?

"그래. 게다가 그쪽에는 이미 양필두가 애들 끌고 먹은 거 같다고도 전하고."

―……아, 그거는 동호 햄도 알고 있습니다. 파라솔파 애들이 태화빌

딩 쪽에 들어왔다고…….

아마 양필두가 행차 전 파라솔파가 태화빌딩 쪽을 접수한 것까진 그 귀에 들어간 모양이었다.

"그쪽 일로 행님이 뭐라 카시드나?"

─아, 예. 그 일로 날랜 애들로 추리가 보내 놨지마는 일단은 절대 손대지 말고 지켜보라고 했습니다.

"흠."

이번 일에는 천하의 서동호도 신중하게 나서고 있다는 의미일 것이다.

'그도 그럴 것이 양필두가 먼저 조광을 끌어들인 모양이니…….'

서동호의 '용건'이라는 것도 그것과 관련해 양필두가 수작을 부리지 않게끔 '연합'에 말을 일러두는 쪽일 것이다.

"암튼 알겠다. 그라믄 행님 명령대로 거기서 대기타고 있을꾸마. 난중에 동호 행님한테 내 전화 왔다고 말해도."

─예. 행님.

"그래, 욕 봐라."

절그럭, 수화기를 내려놓은 이일호는 잔돈을 챙겨 부스를 빠져나왔다.

'나 참, 이거 내도 핸드폰을 한 대 뽑아야 하나?'

동시에 이일호는 부스를 빠져나오며 힐끗, 아까 스치고 지난 사내들의 행방을 눈으로 좇았다.

그사이 어디로 갔는지, 그들은 자취를 감춘 지 오래였다.

'……아까 금마들 이야기도 해 둘 걸 그랬나.'

어쩌면 양필두가 이번에 제대로 작정을 하고 온 걸지도 모른다는 이야기를…….

'뭐, 우쨌건 일단은 상황을 지켜보는 기라.'

이일호는 주머니 속에서 동전을 짤그랑거리며 태화빌딩 방면을 향해 빠르게 발걸음을 옮겼다.

'그나저나 아까 상훈이 금마 차를 본 거 같은데.'

이일호는 머릿속으로 광안리 바닷가 쪽을 달려가던 중고 프린스를 떠올렸다.

공교롭게도 그건 얼마 전 염상훈이 중고로 한 대 뽑았다고 자랑하던 것과 차종 뿐만 아니라 색상까지 동일했다.

'설마 걔들인 건 아니겠지?'

이일호는 머릿속에 떠오른 생각을 피식 웃으며 부정했다.

'뭐, 흔한 차이긴 하니까. 게다가 걔들이 여기가 어디라고 찾아오겠어?'

최근 서동호를 필두로 한 강경파가 조직의 실권을 장악한 이후, 봉식이파의 행보는 거칠 것이 없었다.

얼마 전 태화빌딩 쪽을 접수한 것도 보통은 있을 수 없는 일이었다.

그도 그럴 것이 광안리는 파라솔파의 구역이었고, 파라솔파의 양필두가 건물주인 최 사장을 구워삶은 것만 하더라도 꽤 오랜 시간 공들여 작업한 결과라는 소문이 들려왔다.

상황이 이렇게까지 흘러가면 대게 태화빌딩은 응당 '파라솔파 양필두의 것'이라는 것이 지금까지의 중론이지만, 서동호는 그 태화빌딩의 최 사장 본인을 직접 만나 담판을 지어 떡하니 숟가락을 얹어 버렸다.

아무리 이 일에 폭력은 없었고, 법적으로 따져도 문제 될 소지가 없는 일이라지만 이는 '상도'에 어긋나는 일이었다.

그러니 만일 양필두가 자신의 권리를 주장한다면, 다른 조폭들은 이 일에 양필두의 손을 들어주는 것이 응당했다.

그런데 어째, 부산 조폭계는 서동호가 양필두의 작업물을 중간에 가로챈 것을 보면서도 아무런 중재나 개입, 심지어 입도 벙긋하지 않았다.

어설프게나마 이것저것 주워들은 지식이 있던 장이수는 그 상황이 이해가 가질 않았고, 이는 그를 비롯한 말단들이 공유하는 공통 사고이기도 했다.

그러니 연합의 수뇌들이 '마약이 들어올 때까지는 얌전히 있자'는 암묵적 합의의 내용을 모르는 말단들 입장에서는 서동호가 양필두와 전쟁을 일으키고자 일부러 불씨를 던졌고, 양필두가 오늘 그 불씨에 기름을 부었다고 생각하는 것도 이

상하지 않은 일이었다.

하물며 그보다 더 말단인 염상훈 라인의 꼬붕들은 말할 것도 없었다.

'이래도 괜찮나?'

염상훈은 덜덜 떨리는 손으로 운전대를 꽉 움켜쥐었다.

양아치 출신인 염상훈에게 조폭 조직간의 전쟁이라는 것은 동네에 떠도는 십 몇 년 전의 믿거나 말거나인 전설 같은 일에 불과했다.

연필을 쥔 손가락에 굳은살이 박혀 본 적도, 그렇다고 땀 흘려 일할 생각도 없는 염상훈 같은 양아치가 조폭 세계에 발을 들이는 건 자연스러운 일이었다.

염상훈은 대부분의 양아치 출신 조폭 말단들처럼 편하게 돈을 벌고, 겸사겸사 동네에서 어깨에 힘 좀 주고 다니고 싶다는 생각만으로 조폭이 되었다.

심지어 그는 '운이 좋게도' 자신이 설치던 동네가 부산에서도 꽤 먹어 주는 봉식이파였다는 것에 은근한 자부심과 행운을 기꺼워할 정도였다.

그런데 전쟁?

얼마 전 광남파라는 조직에 쳐들어갔다는 내용도 '믿거나 말거나' 한 귀로 듣고 흘려보낸 염상훈은 장이수가 가져온 권총을 보고 난 뒤부터는 그제야 '설마' 하는 생각을 시작했고, 지금 이 순간에 이르러서는 자신에게 닥쳐온 운명의 파도를 깨닫고 그 풍랑에 휩쓸려 정신을 잃지 않도록 안간힘을 쓰는 것이 고작이었다.

"가라!"

퍽!

염상훈은 장이수에게 뒤통수를 얻어맞고 나서야 다시금 현실을 보았다.

'에라, 모르겠다!'

에라, 모르겠다.

염상훈의 삶을 관통해 온 말이었다.

주먹이 나가선 안 될 상황에 '에라, 모르겠다' 하며 주먹을 휘둘렀고, 학교로 불려 온 부모님과 함께 고개를 숙여야 할 상황에 '에라, 모르겠다' 하며 그러질 않았다.

'에라, 모르겠다' 하며 학교를 나왔고, '에라, 모르겠다'하며 그 길로 집을 나왔다.

조폭이 되지 않겠느냐는 말에 염상훈은 '에라, 모르겠다' 하고 조폭이 되었다.

이 차를 뽑을 때도 '에라, 모르겠다' 하며 나이에 걸맞지 않은 사치를 부렸고, 지금은 그 차로 태화빌딩 건설 현장을 향해 엑셀레이터를 밟으면서도 '에라, 모르겠다' 하는 생각뿐이었다.

부웅-!

염상훈이 얼마 전에 뽑은 중고 흰색 프린스가 건설현장에

들이닥치자 우르르 뭉쳐 있던 파라솔파 조직원들은 차를 피해 저마다 반대 방향으로 몸을 던졌다.

양필두는 때마침 부하들과 떨어져 있었다.

염상훈은 양필두를 들이받으러 그를 향해 정면으로 차를 몰았다.

"피해!"

박순길은 그런 양필두를 던지듯 밀쳐냈고, 양필두는 박순길과 바닥을 굴렀다.

쾅!

염상훈의 중고 프린스가 그 뒤편, 쇠파이프를 비롯한 자재가 쌓여 있던 지지대를 들이받으며 굉음을 냈다.

그 바람에 우르르, 지지대가 무너지며 쇠파이프가 염상훈의 차를 덮쳤다.

쇠와 쇠가 부딪쳐 텅텅거리며 내는 굉음 사이로 흙먼지가 피어올랐고, 먼지가 조금 가라앉자 조수석 문이 벌컥 열렸다.

"콜록, 콜록!"

가까스로 차에서 빠져나온 장이수가 비틀비틀 발걸음을 옮겼다.

"이 새끼……."

지금 장이수는 양필두를 총으로 쏴야 한다는 생각뿐이었다. 아니 그건 생각일까, 아니면 자신이 만들어 낸 타성에 불과한 것일까.

"안 돼!"

저 멀리서 익숙한 목소리가 들리는 듯했다.

장이수는 멍하니 목소리가 들린 방향으로 고개를 돌렸고, 그 잠깐 멈칫한 사이, 그는 뒤에서 다가온 김갑일에게 그대로 경동맥을 내주고 말았다.

"컥, 꺽!"

김갑일이 뒤에서 목을 조르자 장이수는 반사적으로 총을 꺼내 휘둘러 댔다.

그 바람에 뒤늦게 현장으로 달려오려던 파라솔파 조직원들이 주춤거렸지만 그 와중 인파를 헤치고 달려오는 충성스런 조직원이 하나, 있었다.

탕!

장이수가 쏜 총성이 허공을 갈랐다.

"억!"

풀썩, 하고 쓰러지는 소리에 김갑일은 혀를 쯧, 하고 찼다.

"켁, 케엑!"

꾸욱.

김갑일은 더욱 강하게 경동맥을 조였다.

탕! 탕! 탕!

눈먼 총알이 바닥에 튀며 흙먼지를 피워 올렸다.

장이수의 몸이 축 늘어지자마자 박순길은 그대로 앞으로 달려와 탄창 멈치를 눌러 탄창을 꺼낸 뒤 그 손목을 붙잡은 채 김갑일을 보았다.

김갑일은 알아들었다는 듯 그대로 장이수를 뒤에서 눌렀고, 박순길은 무사히 장이수의 손에서 권총을 회수할 수 있었다.

"에휴, 옘병."

박순길은 저도 모르게 한숨 섞인 욕을 중얼거렸다.

그게 신호였을까, 파라솔파 조직원들은 그제야 양필두의 신원을 확보하려 우르르 움직였다.

이일호도 공중전화 부스를 찾는다고 다소 헤맸지, 돌아오는 길은 단순했다.

'바로 뒤쪽이었단 걸 진작 알았으면 이렇게 헛걸음 할 필요도 없었는데.'

어쨌건 일단 보고는 했다.

남은 건 서동호의 연락을 기다릴 뿐.

그래서 조금 홀가분한 기분으로 돌아오는 이일호의 눈에, 아까 본 흰색 프린스가 눈에 들어왔다.

'저거 또 있네.'

픽, 하고 웃은 이일호는 문득 든 불길한 생각에 멈칫했다.

'또?'

이일호는 깨닫자마자 달렸다.

'설마 그 새끼들이?'

이일호가 필사적으로 달리기 시작한 순간, 프린스의 엔진
음이 바뀌었다.

부웅—!

프린스는 그대로 곧장 태화빌딩 건설 현장으로 달리더니,
이윽고 어딘가를 들이받는 소리가 요란하게 울려 퍼졌다.

이일호는 현장을 향해 그대로 뛰어 들어갔다.

그 눈에 멀리서, 손에 권총을 든 장이수가 흙먼지를 등지
고 비틀거리며 걸음을 옮기는 모습이 눈에 보였다.

"안 돼!"

이일호는 반사적으로 외쳤고, 불행인지 다행인지 장이수
는 금세 정장차림의 사내에게 제압당했다.

하지만 그 장이수가 아무렇게나 쏜 초탄에, 앞으로 나선
지지리 운도 없는 파라솔파 조직원 하나가 바닥에 쓰러졌다.

그러고도 장이수의 총은 몇 발 더 허공을 갈랐다.

이후 장이수는 두 남자에게 완전히 제압되었다.

그중 한 놈은 이일호의 눈에도 낯이 익었다.

'저놈은 대운유통에서 본……'

이일호의 머리가 상황을 파악하기도 전에 그를 파라솔파
조직원들이 에워쌌다.

"니 뭐고?"

아차.

너무 깊숙이 들어왔다.

그런 이일호의 위기에 대기하고 있던 봉식이파 조폭들이 승합차 두 대에서 우르르 몰려 나왔다.

"행님, 괜찮으십니까?"

"물러서!"

이일호가 둘러싸인 채로 외치자 봉식이파 조폭들은 주춤거리며 섰고, 그럼에도 이곳은 순식간에 파라솔파와 봉식이파 조직원들이 대치하고 선 상황이 됐다.

'젠장, 어쩌다가 상황이 이렇게…….'

서로가 살기등등한 모습으로 서로를 노려보는 와중, 양필두의 목소리가 들렸다.

"됐다, 비키 봐라."

파라솔파 조직원들이 우르르 물러서자 이일호의 눈에 바닥에 앉은 양필두가 보였다.

"누가 부축 좀 해 주겠나?"

"예, 제가……."

"고맙네. 아까 다리를 접질린 거 같아서."

양필두는 김갑일의 부축을 받아 몸을 일으킨 뒤, 다리를 절뚝이며 바닥에 쓰러진 사내에게 갔다.

"……."

그리고 잠시 말없이 그를 보던 양필두는 아까 전 장이수가

쏜 눈먼 총에 맞은, 두 눈을 뜬 채 하늘만 올려보고 있을 뿐
인 사내 앞에 앉아 그 눈을 감겨 주었다.

'젠장, 하필 사람이…….'

이일호는 주먹을 꾹 쥐었다.

일이, 꼬였다.

"꿍차."

김갑일의 도움을 받아 몸을 일으킨 양필두는 가까이 있던
부하에게 손짓했다.

"거기 둘, 안 보이는 곳에 치워 둬라."

"예!"

"살살 옮기라. 그리고 누가 저기 있는 각목 좀 갖고 온나."

부하들은 꽤나 일사불란하게 움직였다.

"고맙네."

부하가 준 각목에 의지해 서며 김갑일의 부축에서 벗어난
양필두는 김갑일에게 감사를 표한 뒤 이일호를 보았다.

"니, 동호 쪽 아가?"

"……예."

"이름이 뭐꼬?"

"이일호입니다."

이일호, 이일호, 하고 중얼거린 양필두는 재차 말을 이었
다.

"곧 경찰이 올끼니까 여기는 일호 니가 알아서 정리해 놔

라. 그 정도 일머리는 있제?"

"……예."

"욕 봐라."

세간의 평가야 어쨌건 이 자리까지 올라온 게 폼은 아니란 걸까.

양필두는 부축하려는 부하를 밀치곤 각목을 지팡이처럼 짚으며 자신이 타고 온 차로 향했다.

"김 실장님."

"예."

"나중에 보입시더."

"……예."

김갑일이 박순길을 보았다.

"일단 저와 함께 가시죠."

지금 사람이 죽었는데?

"……."

따지고 들려던 박순길은 가만히 자신을 쳐다보는 김갑일의 눈을 마주했다.

죽은 이는 방금 전까지, 망부석처럼 묵묵히 양필두를 지킬 뿐이었다지만 그래도 얼굴을 마주하고 간단한 이야기를 주고받았던 사내였다.

그는 마치 하늘이 그 죽음을 바라기라도 한 것처럼 개죽음을 당하고 말았다.

살아 있었다면, 하다못해 어디 스치기만 했다면 훗날 어디
선가 농담거리로 삼을 수도 있겠지만.

'그러고 보니 나는 그 사람의 이름도 모르는군.'

무표정한 김갑일의 시선 덕분일까, 박순길은 냉정을 되찾
았다.

'……지금은 그게 중요한 게 아닌 건가.'

박순길은 사고의 방향을 전환했다.

이대로 사정청취를 하러 올 경찰과 합류할 것인가, 아니
면…….

기로에서 생각을 마친 박순길이 고개를 끄덕였다.

"그럽시다."

대립하는 두 조직은 맞붙기 직전인 일촉즉발의 상황까지
갔지만, 어느 누구도 현장을 떠나는 양필두와 박순길, 김갑
일 등을 제지하지 못했다.

결국 그 자리에 남은 파라솔파 조직원들과 봉식이파 조직
원들은 이일호의 지시를 따라 현장을 정리하기 시작했다.

그리고 양필두의 예상대로 얼마 뒤 경찰이 현장에 도착했
다.

김갑일의 차에 올라탄 박순길은 힐끗, 김갑일의 옆얼굴을

살폈다.

방금 눈앞에서 사람이 죽었는데도, 그는 차에 치인 채 길가에 놓인 도둑고양이를 발견했을 때보다도 태연해 보였다.

어디로 가는지, 앞으로 상황이 어떻게 돌아가게 될지도 모르지만 박순길은 일단 입을 뗐다.

"……김 실장은 이런 일이 꽤 익숙한 거 같구먼."

김갑일은 대답 대신 통보했다.

"지금부터는 한동안 함께 움직여 주셔야겠습니다."

"내가 왜?"

"이런 상황이 되었으니까요."

그 말에는 왠지 '그러게 아까 가지 그랬나?' 하는 힐난이 들어 있는 듯했다.

박순길이 미간을 찌푸렸다.

"……이런 상황이니 묻겠는데, 내가 누군지는 알고?"

"박순길 씨가 저와 따로 움직이면 서동호나 양필두 둘 중 하나, 혹은 두 사람 모두 정황을 의심하게 될 겁니다. 그건 저에게도 별로 좋은 상황은 아니고요."

쳇, 이번에도 제 할 말만 하는군.

박순길은 혀를 차며 창가로 고개를 돌렸다.

"그러지. 앞으론 어떻게 될 거 같소?"

"연합이 움직일 겁니다."

나 참, 이런 건 또 대답을 해 주나?

박순길에게 상황 보고를 들은 정진건은 한참 만에 입을 뗐다.

―그것참, 상황이 이상하게 돌아가는군.

그로서도 이 상황에 대한 소회를 늘어놓는 것 외엔 할 말이 없었던 것이리라.

"제 말이 그겁니다."

박순길이 핸드폰에 대고 한숨을 내쉬자, 정진건은 잠시 뜸을 들였다가 어조를 고쳐 말했다.

―그래도 아무튼 수고했네. 사람이 죽었으니 아주 바람직한 상황은 아니지만…… 자네가 거기 없었다면 더 큰일이 벌어졌겠어.

정진건의 말은 진심이었다.

만일 동행한 것이 박순길 같은 베테랑이 아닌 여진환이나 강하윤이었다면, 그들은 원칙대로만 움직이느라 태화빌딩까지 도달하지도 못했을 것이다.

하물며 박순길이 있거나 말거나 조광의 김갑일은 태화빌딩의 양필두와 접촉했을 것이고, 양필두는 오늘 벌어진 일 그대로 진행했으리라.

그리고 그 결과, 파라솔파와 봉식이파 사이에 전면전이 벌어졌을 것이라는 점도.

오히려 박순길이 있었기에 양필두는 목숨을 부지했고, 그로 인해 부산 양대 조폭 조직의 전면전을 막을 수 있었으니.

이는 어떤 의미에선 사태가 더 크게 번지기 전에 막은 것이라고도 볼 수 있지 않을까.

하지만 박순길은 정진건의 위로 아닌 위로에 쓴웃음을 지었다.

"뭐, 솔찬히 깡패 놈들이 어떻게 되건 제 알 바는 아니지만요. 양필두를 구한 것도 그냥 몸이 움직였을 뿐이고……."

박순길이 떨떠름한 표정으로 말을 이었다.

"그래도 일단은 엎질러진 거, 현 상황을 유지하면서 사태를 관망하는 것이 최선일 거 같긴 합니다."

ㅡ음. 일단은 그렇게 하지.

정진건이 물었다.

ㅡ그나저나 지금은 어딘가?

"호텔이어라."

ㅡ호텔?

"예, 그 김 실장이란 양반이 조금 쉬었다가 가자더구먼요."

말하고 보니 뉘앙스가 이상하단 걸 깨달은 박순길이 얼른 덧붙였다.

"그래서 지는 근처를 어슬렁거리면서 시간이나 때우는 중입니다."

ㅡ그랬군. 그럼 나도 그 호텔에서 합류하도록 하지.

"예, 그렇게 해 주십시오."

-아, 혹시 그 김갑일 실장이란 사람은 자네가 경찰인 걸 알고 있나?

"글쎄요."

박순길이 어깨를 으쓱이며 오는 길에 김갑일과 나눈 대화를 떠올렸다.

"그 양반 말로는 '피차 알아서 좋을 것이 없다면 모르는 걸로 치자'더구만요."

-······그건 그것대로 이상한 말이군.

"예. 아무튼 간에 보통 회사원은 아닌 거 같더구먼요."

그러며 박순길은 무표정한 얼굴로 권총을 든 괴한을 제압하던 김갑일의 모습을 떠올렸다.

'그라고 보이 권총을 갖고 있던 놈, 대운유통에서 봤던 놈이제?'

뿐만 아니라 양필두가 상대 조직원임에도 현장 정리의 전권을 일임한 '이일호'라는 사내 또한 대운유통 앞에서 시비가 붙었던 그 일행이었다.

'흠. 설마 그놈들, 나 때문에 거기꺼정 왔나?'

잠시 생각하고 있으려니 정진건의 목소리가 들렸다.

-박 형사?

"아, 죄송합니다."

박순길이 머리를 긁적이며 말을 이었다.

"암튼 그래서 암묵적으로 입 밖에 내지 않기로 한 것이긴 한디, 왠지 눈치는 채고 있는 거 같습니다."

ㅡ흠. 일단 알겠네. 자세한 건 나중에 만나서 이야기하지. 내 생각에 운전 중에 핸드폰 사용은 위험한 거 같거든.

"어이쿠, 알겠습니다. 그라믄 먼저 끊겠습니다."

ㅡ음.

간략한 보고를 마친 박순길은 전화를 끊고 난 뒤 해운대 백사장을 바라보았다.

아직 아는 사람만 아는, 관광지로서 개발이 되지 않은 광안리와 달리 해운대는 이 시대에도 전국에서 알아주는 관광지이건만, 박순길에게는 정돈된 백사장 앞에 펼쳐진 가을 바다의 쪽빛과 아름다움이 눈에 들어오질 않았다.

'결과적으로는 계획대로 됐긴 헌디⋯⋯.'

당초 계획은 어떻게든 부산 조폭 연합의 수장인 마동철이란 사내와 접선하는 것이었으니, 말마따나 결과적으론 성공이었다.

문제는 그 과정에 벌어진 일이었다.

가증스럽게도 양필두는 분쟁 지역에 '조광'을 끌어들였고, 서동호의 부하가 선제 타격을 날렸다.

'그 당시에는 그게 최선이긴 했다만.'

깡패 두목의 목숨을 구한 건 마음에 들지 않았지만 정진건의 말마따나 만일 그때 양필두가 봉식이파의 공격을 받아 중상, 혹은 사망에 이르렀다면 그 자리에서 한바탕 양대 조직의 전면전이 벌어졌을지도 모를 일이었다.

하물며 그때 벌어질 아사리판에서 박순길 자신도 아무런 부상 없이 그 자리를 빠져나올 확신은 들지 않았다.

'심지어 현장에는 총도 있었지라.'

박순길은 바지 뒤춤에 넣어 둔, 현장에서 회수한 권총을 의식하며 턱을 긁적였다.

'보아하니 이번 일은 서동호도 의도한 바가 아니었고, 말단 부하가 멋대로 저지른 일 같은디……. 그런 말단 부하가 총을 가지고 있었어라?'

그렇다는 건, 서동호는 그 외에도 화기 여러 정을 손에 넣고 있는 것이리라.

'이번 건 예전에 박길태였나? 조세광이 손에 죽은 그놈 때 상황이랑도 다르겠구마잉.'

S동 야산에서 유명을 달리한 박길태의 경우, 그가 권총을 소지하고 있었던 건 조광에서도 예외적인 경우였을 것이다.

'그도 그럴 것이 조세광이의 부하들은 총을 안 갖구 있었응께.'

그래 보여도 박길태는 최소한 조광이 한창 깡패로 이름을 날릴 때 전성기를 구가한 인물이니, 어디선가 운 좋게 권총을 얻은 것일 테지만.

'서동호 쪽이 화기로 무장하고 있다는 건…….'

왠지 광남파의 아지트였던 것으로 추정되는 창원 물류공장 화재와 무관하지 않을 것 같다는 생각이 들었다.

'그라믄 서동호가 참말로 광남파 아지트를 털어 부린 거라 치고, 거기 있던 걸 꿀꺽해서 부산 조폭들 간의 균형이 무너진 건가?'

그리고 광남파 아지트에 있던 건 비단 총기류 뿐만은 아니었을 것이다.

'마약도 있었겠제.'

그리고 그 마약 거래에 쓴 인력과 내역까지도.

혹시 서동호는 광남파와 마약을 거래하던 해외 조직의 명부며 루트까지 손에 넣은 것은 아닐까?

'흐음…… 그런 거라믄 요거, 일이 쪼까 커지는구마잉.'

그 시각, 강하윤과 여진환은 양상춘이 있는 일산출판사에 도착했다.

"여깁니까?"

"응. 들어가자."

주차장에 차를 대고 계단을 올라 회사에 들어가려는데.

"그러니까 제가 갈 때까지는…….."

강하윤은 하마터면 부리나케 달려 나오는 누군가와 부딪혀 계단에서 넘어질 뻔했다.

"꺅!"

"엇차."

그는 핸드폰을 들지 않은 다른 손으로 쓰러지려는 강하윤을 부축해 냈다.

반사 신경이 뛰어난 사람인 모양이었다.

"어……."

다만, 그는 그 상태로 강하윤을 물끄러미 쳐다보았다.

"……저기."

강하윤이 자신의 허리를 감싼 남자의 손을 의식하며 입을 떼자 그는 얼른 강하윤을 일으켜 세우며 손을 뗐다.

"아, 이거 죄송합니다."

그는 부리나케 사과했다.

"다치신 곳은 없으십니까?"

"아뇨, 괜찮습니다. 저야말로……."

"그렇군요. 제가 좀 바빠서. 그럼 이만 실례하겠습니다."

그는 정중히—아니 사람 말을 끊었는데 정중?—고개를 숙이곤 다시 통화를 이어 가며 빠른 걸음으로 주차장을 향했다.

다만 그러면서도 남자는 힐끗, 강하윤과 여진환이 있는 방향을 향해 한번 뒤돌아보기까지 했다.

"흠."

여진환이 떨떠름해하는 얼굴로 입을 뗐다.

"저 사람, 혹시 선배님께 첫눈에 반한 거 아닙니까?"

"놀리지 마."

강하윤이 입을 삐죽였다.

"그래요? 그런 것치고는 운명적인 만남에 어울리는 순간 같던데요."

"아니라니까. 오히려 그런 것보단……."

아는 사람을 의외의 장소에서 만나고 말았다는 느낌에 가까웠다고 말하려던 강하윤은 고개를 저었다.

"됐어, 아무튼 갈 길이나 가자."

"예, 선배님."

프론트에 용건을 말하니 쉽게 통과시켜 주었다.

두 사람은 이윽고 양상춘의 사무실에 도착했다.

"오랜만에 뵙습니다, 박사님."

양상춘은 고개를 끄덕여 강하윤의 인사를 받았다.

"음, 그런 느낌이군. 그리고……."

"지금은 여진환 형사입니다, 박사님."

여진환의 말에 양상춘이 고개를 끄덕였다.

"그새 출세했군, 자네도."

"하하, 그런 셈입니다."

여진환은 '그러는 박사님도 저번엔 백수셨는데요' 하고 농을 건네려다가 관뒀다.

심지어 당시 여진환은 강하윤과 양상춘이 사귀는 사이라고 단단히 오해를 했으니, 그때를 일부러 떠올릴 필요는 없을 것이다.

'선배님도 왠지 그때 일을 의식하는 눈치고.'

양상춘이 자리를 옮겼다.

"일단 앉지. 여기는 믹스 커피뿐이지만."

"아뇨, 믹스 커피도 꽤 좋아합니다."

양상춘은 빙긋 웃으며 사무실에 비치된 포트에 정수기 물을 받아 끓였다.

물이 끓는 동안 양상춘이 강하윤에게 물었다.

"전화로 듣기는 했는데, 내게 상담할 것이 있다고?"

"예, 박사님의 지혜를 빌렸으면 해서 말입니다."

"지혜는 무슨……. 그냥 오지랖이 넓을 뿐이지."

양상춘이 픽 웃었다.

"심지어 지금 나는 민간인 신분인데 말이야."

"그렇기는 합니다만……."

"뭐, 입장이 그러하니 나한테서 뭔가를 들어도 모르는 척하는 게 좋을 것 같군."

강하윤이 고개를 끄덕였다.

"그나저나 정 형사는?"

"출장 중이십니다."

"출장?"

여진환이 대답했다.

"예, 부산에 가셨습니다."

"부산이라…… 멀리도 갔군. 무슨 일로?"

이번에는 강하윤이 대신 답했다.

"그 일도 겸해서 상담을 드리고자 합니다. 이야기가 조금 길어질 거 같은데…… 바쁘시진 않습니까?"

"이 회사 월급을 받는 처지에 이런 말하기는 조심스럽지만, 지금은 괜찮아. 내가 하던 일은 얼마 전에 일단락됐거든."

"그러시군요."

하긴, 사무실이 텅 비어 있는 걸 보니 그런 것 같기는 했다.

그때 강하윤은 문득 방금 전 자신을 부축해 준 남자를 떠올리며 말을 이었다.

"그래도 박사님과 달리 다른 부서는 바쁜 모양입니다."

"응? 그런가? 내 입으로 말하긴 뭣하지만 이 직장에서 일하는 사람들은 대체로 한가한 편인데."

여진환이 강하윤의 말을 거들었다.

"직전에 선배님이 회사 앞에서 어떤 남자와 부딪혔거든요."

"그래? 다친 곳은 없고?"

강하윤이 수줍어하며 대답했다.

"예."

"아니, 나는 그 남자를 말한 걸세."

"……."

"농담이야. 아무튼 아무도 다치지 않았다니 다행이군."

여진환이 어깨를 으쓱였다.

"정말입니다. 하마터면 계단을 구를 뻔했는데, 그 남자가 잽싸게 잡아 주었거든요."

이렇게, 한 손으로.

여진환이 손짓으로 당시 상황을 재현했다.

"여 형사도 참, 뭘 그런 것까지 말하고 그래."

강하윤의 볼멘소리에도 아랑곳없이 여진환은 어깨를 으쓱여 제 할 말을 다했다.

"아무래도 이 회사에 들어오려면 그 정도 순발력은 갖춰야하는 모양입니다."

"하하, 그런 자격 요건이 있었다면 내가 여기 들어올 수나있었겠나."

물론 양상춘은 여진환이 건네는 농담이 중요한 이야기에 앞서 행하는 스몰토크임을 모르지 않았지만.

'혹시 입구에서 김기환을 만난 건가?'

동시에 양상춘은 그 일화에서 다른 생각을 떠올렸다.

'얼마 전에 출장에서 돌아오더니, 오늘 또 무슨 일이 터진 모양이군.'

양상춘은 왠지 그 일은 오늘 이 두 사람이 회사를 찾아온 것과 무관하지 않을 것 같다는 생각을 했다.

약간의 환담으로 분위기가 풀어지고, 강하윤은 믹스 커피가 담긴 종이컵을 책상에 내려놓았다.

"실은 어젯밤 호출을 받아 도깨비 신문사엘 다녀왔습니다."

본론으로 들어갔건만, 강하윤의 말에 양상춘은 다른 의미에서 멈칫했다.

"도깨비 신문사에?"

"예? 아, 네. 무슨 일이 있었냐 하면……."

"그 전에 잠깐만."

양상춘이 강하윤의 말을 끊으며 물었다.

"그러면 강 형사, 자네는 혹시 김기환 대표랑 이미 아는 사이였던 건가?"

"예? 아…… 그렇기는 합니다만."

강하윤은 어리둥절해하는 얼굴로 답했다.

"예전에 이런저런 일이 있어서 조금 신세를 져서…… 서로 얼굴은 알고 있었습니다."

"이런저런 일이라."

강하윤이 여진환의 눈치를 살피며 질문인지 아닌지조차 애매한 중얼거림에 대답했다.

"그, 반지 쪽 일로."

"그랬군."

"그런데 박사님, 그건 왜 여쭤보셨습니까?"

그러면 이미 서로 안면을 튼 사이였나?

'나도 참, 그런 줄도 모르고 예전에 강 형사에게 김기환이 어떻고 저렇단 말을 잘도 떠들어 댔군.'

그 생각 직후 그는 다른 생각을 떠올렸다.

'그렇단 건 아까 입구에서 만난 것이 김기환이 아니었단 의미인가.'

강하윤 일행이 도착하기 얼마 전, 양상춘은 우연히 회사 로비에서 회사를 방문한 김기환을 만나 인사를 나누었다.

양상춘을 만난 김기환은 당황한 기색으로 그 인사를 받으며 묻지도 않은 '취재 차 찾아왔다'는 말을 먼저 내놓았다.

당시 양상춘은 그럴 법도 하다고 생각한 것이, 최근 장안의 화제인 J&S컴퍼니 설립에 일산출판사가 기술 시범을 보인 바 있었으니 그 또한 그러려니 한 것이다.

그러며 양상춘은 오랜만에 만난 김기환과 가벼운 마음으로 근황을 주고받았는데, 김기환은 대화 도중 전화를 받고는 '언제 식사라도'하는 덧없는 약속으로 양해를 구한 뒤 양상춘과 헤어졌다.

'그런데 지금 생각해 보면…… 그는 내가 국과수를 관둔 걸 알고 있던가?'

어째서 이제야 거기에 생각이 미친 건지.

그야, 알려면 알 수도 있었을 것이다.

그도 그럴 것이 양상춘은 조세화의 발표 회장에 깜짝 등장해 거기서 일종의 퍼포먼스를 선보였으니까.

하지만 그때 제 할 말만을 잔뜩 늘어놓던 김기환은 농담으로도 그 일을 입에 담지 않았다.

　'……내 생각이 과한 건가?'

　물론 입구에서 강하윤을 부축한 것은 전혀 무관한, 일산출판사에 재직 중일 뿐인 제3자일지도 모르나, 양상춘은 그 일과 우연히 김기환을 만났던 일과 엮어 묘한 위화감을 느끼고 있었다.

　'그러게, 경찰이 밤에 찾아갔을 정도의 일을 겪고도 취재라……. 일단은 이야기를 들어 봐야겠군.'

　그래서 양상춘은 그 말에 대답을 하려다가 관뒀다.

　"아닐세. 이야기를 끊어서 미안했네. 계속해 보게나."

　"네……."

　강하윤은 얼떨떨한 얼굴로 어젯밤 있었던 일—도깨비 신문사에 괴한이 찾아왔다는 것, 그리고 김기환은 이를 정진건에게 전화로 보고했고, 강하윤과 여진환이 출동해 사무실에서 도청기를 찾아낸 것 등—에 대해 이야기했다.

　"그리고 오늘 오전에는 빌딩 관리인의 도움을 받아 사무실을 수색, 어느 빈 사무실에서 도청기기를 발견했습니다."

　"……흠."

　빌딩 관리인의 도움을 받았다는 건, 영장을 받을 시간은 나질 않아 편법을 썼다는 의미이리라.

　원리 원칙과는 거리가 먼 양상춘도 그 일에 걸고넘어질 생각은 없었지만.

"그렇다는 건 해당 사무실의 임대인은 찾지 못했단 거겠군."

"예……. 찾아보고는 있습니다만."

"아마 차명을 사용했겠지."

찾아봐야 헛수고일 거란 말이었다.

'여 형사도 그런 말을 하기는 했는데.'

강하윤이 쓴웃음을 지었다.

"그럴지도 모르겠습니다. 다만 의문인 건……. 해당 사무실에서 입수한 도청기기는 꽤 고가의 장비였고, 또 그 정도 시간과 재화, 노력을 들인 작전을 그토록 허술하게 진행했다는 것이 이해가 되질 않습니다."

"흠."

어젯밤 김기환에게 닥친 재난은 꽤나 큰일이었다.

'그러고도 오늘은 여길 취재하러 왔다는 거지? 그건 일단 차치해 두고…….'

양상춘은 잠시 생각을 정리한 뒤 입을 뗐다.

"이런 경우 생각해 볼 수 있는 건 두 가지일세. 하나는 저들이 정말로 멍청해서 일을 그르치고 말았다는 것. 다만 방금 말한 '멍청하다'는 의미에는 단순히 지적 능력의 결여를 의미하는 것만은 아닐세. 그런 일이 일어났을 때 현장에 있던 김기환 대표가 누굴 의지할지, 그리고 김기환 대표가 가용한 인원의 능력이 어느 정도인지 측정하지 못했다는 것도 포함할 수 있겠지.”

“아……. 네.”

몇 번씩이나 겪어 보고도 양상춘의 입에서 나오는 장황한 말은 아직도 적응이 되질 않았다.

잠시 멍하니 있던 강하윤은 얼른 말을 이었다.

“아, 하지만 여진환 형사가 아니었더라면 저는 그 도청기의 존재를 눈치채지 못했을 겁니다.”

강하윤의 말에 양상춘이 픽 웃었다.

“하지만 당초 김기환 대표가 먼저 연락했던 정 형사라면 어렵지 않게 도청기를 찾아냈겠지. 안 그런가?”

강하윤은 마치 자신의 미숙함을 지적하는 것 같은 양상춘의 말에 귀를 빨갛게 물들이며 중얼거렸다.

“그……건 그렇습니다.”

“아, 물론 인근 파출소 순경들도 찾아내지는 못했을 걸세. 그 점을 위안으로 삼게나.”

“…….”

전혀 위로가 안 된다.

“그러면 두 번째는요?”

멘탈이 위태로운 강하윤을 대신한 여진환의 물음에 양상춘은 기다렸다는 듯 답했다.

“음, 두 번째는 이렇게 들통나고 마는 것조차 그들이 계획한 바라는 거지."

양상춘의 말에 여진환이 눈을 가늘게 떴다.

"무슨 의도로요?"

"그 부분은 생각해 봐야겠군. 김기환 대표를 향한 경고일지, 아니면⋯⋯."

말끝을 흐린 양상춘이 어조를 고쳐 말을 이었다.

"그전에 먼저 김기환 대표가 괴한에게 받은 질문과 답에 대해 듣고 싶네만. 말해 줄 수 있겠나?"

"예, 그건⋯⋯."

그새 멘탈을 회복했는지 이번엔 강하윤이 끼어들었다.

"내가 할게. 그러니까⋯⋯."

강하윤은 얼른 수첩을 뒤져 메모한 페이지를 찾아 괴한이 질문한 내용을 읊었다.

첫째는 김기환이 중우일보를 나오게 된 일에 대해.

여기서 강하윤은 그녀가 메모해 둔 김기환이 말한 사족 같은 개인 의견—정확히는 '해고'되지 않았냐고 물었다는 내용—도 덧붙였다.

정작 양상춘은 그 점을 별로 주의 깊게 듣는 것 같지 않아서 강하윤은 내심 괜한 말을 했나 싶기는 했지만.

둘째는 박상대와 내연 관계이던 정순애와 그 사생아인 박강선을 한국에 초빙한 일에 대해서였다.

"그리고 김기환 대표님은 그 일에 대해 시인하셨습니다."

그러면서 강하윤은 이 내용을 양상춘이 어떻게 생각할지
—그는 이성진이 그 일에 개입해 있을 거란 추측을 내놓았으
니까—궁금해하며 그 표정을 살폈지만, 양상춘은 묵묵히 듣
기만 할 뿐이었다.

　　'결국 그 추리가 틀린 게 되었는데도, 아무 말씀 없으신 건
가?'

　　강하윤이 말을 멈추자 양상춘이 고개를 들어 그녀를 보았
다.

　　"계속해 보게. 설마 질문이 그게 전부는 아닐 테지?"

　　"아, 네. 그러니까……."

　　강하윤은 헛기침을 한 뒤 다음 내용으로 넘어갔다.

　　세 번째는 정순애가 죽은 걸 언제 알았는가 하는 내용이었
고, 네 번째는 조설훈의 죽음에 대해 얼마나 알고 있는가, 하
는 내용이었다.

　　잠자코 강하윤의 설명을 모두 들은 양상춘이 고개를 끄덕
였다.

　　"잘 들었네."

　　직후 양상춘이 어조를 고쳐 말을 이었다.

　　"먼저 알아 둘 건, 자네들이 말한 내용에 근거해 하는 말이
지만 도깨비 신문사에 들이닥친 괴한들은 표면상 김기환 대
표에게 '해가 될 만한 일'은 하지 않았다는 걸세. 아, 물론 도
청 자체는 범죄지만 말이야."

"……그건 그렇습니다."

심지어 그들은 김기환이 답한 별 영양가 없는 정보에 대한 대가까지 두둑이 지급하고 갔다.

'그야 질문 내용은 꽤 의미심장했지만…… 정작 그에 대한 답변은 별게 없었으니까.'

두 사람이 대화를 따라오고 있음을 확인한 양상춘이 말을 이었다.

"다만 동시에, 김기환 대표가 괴한에게, 혹은 자네들에게 한 말이 오롯이 사실일지 아닐지는 알 수 없다는 점을 들 수 있겠군."

잠자코 있던 여진환이 눈을 가늘게 뜨고 양상춘을 보았다.

"박사님께서는 김기환 대표가 저희에게 거짓말을 했을 거라고 생각하시는 겁니까?"

"가능성을 완전히 배제하지는 말자는 거지. 그리고 김기환 대표가 괴한 앞에서 임기응변을 발휘했을 가능성도."

"……"

"흠, 자네는 내 말에 별로 동의하지 않는 것 같군?"

여진환이 고개를 끄덕였다.

"솔직히 말하면, 그렇습니다. 김기환 대표 입장에서는 언제 폭력을 행사할지 모를 괴한이 '자신이 알고 있는 사실'과 다른 대답을 내놓는다면 어떤 해코지를 할지 알 수 없는 상황이지 않았습니까?"

"하하하."

양상춘이 웃었다.

"그러는 걸 보니 여 형사는 김기환 대표를 만난 게 그때가 처음이었던 것 같군."

양상춘의 말에 여진환은 떨떠름한 얼굴로 고개를 끄덕였다.

"그렇긴 합니다만."

"뭐, 보통은 여 형사 생각이 맞겠지. 대개는 눈앞의 폭력에 굴하거나 그것이 두려워 자신이 아는 사실 모두를 실토하고 말 거야. 하지만 그래 보여도 김기환 대표는 불의에 맞서 자신의 의견을 표명한 적도 있는 용감한 기자일세."

"……."

"그러니 김기환 대표가 괴한에게 답한 말 전부는 사실이 아닐 가능성도 있다는 거지. 아, 그렇다고 자네들에게 거짓말을 했다고는 볼 수 없겠군. 그는 자네들이 물어본 '괴한의 질문과 그에 따른 답'을 솔직히 말했을지 모르니까 말이야."

그럼에도 여진환은 양상춘의 말에 별로 동의하지 않는 얼굴이었다.

"……그렇다면 박사님. 박사님 말씀대로 김기환 대표가 괴한에게 거짓말을 했다면, 그건 어느 지점이었을까요?"

양상춘은 그 질문에 씩 웃었다.

"그건 지금 별로 중요하지 않은 내용인 거 같군. 설령 내가 안다고 한들, 내가 거짓말을 하지 않으리란 보장도 없지 않나?"

강하윤이 궤변, 이라고 말하려는 여진환의 어깨를 쿡 찔렀다.

"그쯤 해 둬. 우리는 박사님을 취조하러 온 게 아니잖아?"

"……예, 그랬죠. '지혜를 빌리러' 왔으니 말입니다."

"여진환 형사."

"죄송합니다."

강하윤은 후, 하고 한숨을 내쉬곤 양상춘에게 사과했다.

"죄송합니다, 박사님."

"아니, 개의치 말게. 나는 이런 여 형사가 꽤 마음에 드니까."

원치 않는 호의를 받은 여진환은 내키지 않는 얼굴을 애써 감췄다.

양상춘은 그런 여진환을 놀리는 게 퍽이나 재밌었는지, 씩 웃는 얼굴로 말을 이었다.

"어쨌거나 내가 중요하지 않다고 말한 건 괴한 입장에선 그 질문에 대한 답이 중요하지 않아서라고 생각해서라네."

"무슨 말씀이십니까?"

고개를 갸웃하는 강하윤과 달리, 여진환은 아, 하고 고개를 끄덕였다.

"중요한 건 질문 그 자체였다는 겁니까?"

이는 여진환도 당시 불현듯 떠올렸던 가설이었기에, 자신과 같은 결론에 도달한 양상춘의 견해에 내심 반가움마저 들 정도였다.

"맞아. 괴한 입장에서도 김기환 대표를 조금이라도 안다면 그가 '질문에 솔직히 답하지 않을' 가능성 정도는 염두에 뒀겠지. 게다가 괴한의 질문은 꽤나 구체적이고 자세한 편이어서, 그들도 그들 나름의 정보 수집은 마쳐 둔 상황이었을 걸세."

"그러니까 괴한들이 노린 건, 그 의미심장한 질문들에 대해 김기환 대표가 누구에게 도움을 요청하는 것인가 하는 점이었군요?"

강하윤은 두 사람을 보며 '역시 예상대로 쿵짝이 잘 맞는다'고 생각했다.

'은근 닮은꼴이라니까.'

양상춘이 흡족한 미소를 지으며 여진환의 말을 받았다.

"그러네. 그리고 그들은 당시 김기환 대표가 '누구에게' 연락을 취할지도 듣고 있었을 거야. 그 연락처가 정진건 형사였다는 건 그들이 의도한 바일까, 아닐까. 나는 그 점을 주목해 봐야 할 것 같군."

여진환이 고개를 끄덕였다.

"이해했습니다. 괴한이 노린 건 질문에 대한 김기환 대표의 대응과 반응이었다는 것도요."

"음. 게다가 사람들은 보통 자신에게 자신의 힘으로 해결

할 수 없는 위기가 닥치면 그 일에 힘을 써 줄 사람을 찾기 마련이지 않겠는가? 심지어 괴한의 질문은 김기환 대표에 대해 꽤 잘 조사한 것이기도 했지. 해서 이는 단순 협박 사건이 아닌…….”

거기까지 말한 양상춘은 불현듯 떠오른 생각에 말끝을 흐렸다.

‘잠깐, 김기환이 도움을 요청할 대상이라?’

양상춘은 그 대상을 지금 화두에 오른 정진건 형사 외에 이성진을 후보에도 넣고 있었으나, 생각해 보면 그뿐만은 아닐지도 모른다.

동시에 양상춘은 자신이 있는 일산출판사가 실은 어느 곳인가를 떠올렸다.

‘안기부!’

어째서 자신은 김기환이 안기부와도 줄이 닿아 있을 거란 점을 미처 생각하지 못했을까.

중우일보에 재적해 있던 시절 김기환은 박상대의 비위를 폭로하려다가 이를 사전에 검열당한 뒤, 그 ‘대신’이라고 할 고위 인사의 스캔들을 특종으로 터뜨렸다.

양상춘은 그 과정에 최갑철 측이나 그 스폰서 등과 모종의 거래가 있겠거니 하는 생각만 하고 말았지만.

‘만일 그 스캔들의 출처가 안기부였다면?’

현재 자신의 입장도 고려해서 조금, 생각을 깊이 해야 할 것 같다.

"박사님?"

대화 도중 생각에 잠긴 양상춘을 여진환이 걱정스레 부르자, 그제야 상념에서 깬 양상춘이 자세를 고쳐 앉았다.

"미안하네. 이야기 도중 잠시 다른 생각이 들어서."

"……아, 예."

만일 김기환의 방문이 그런 이유였다면, 그가 일산출판사에 방문한 목적도 달라진다.

"묻겠네만, 오전까지는 김기환 대표랑 함께 있었나?"

"예."

여진환이 대답했다.

"요즘 일이 바쁘다고 해서요. 그래도 2층 사무실에서 도청 기기를 확인할 때까지는 함께였습니다."

"……흠."

즉, 김기환은 도청기의 존재와 사무실이 차명으로 계약되었다는 것을 확인할 때까진 그 장소에 있었단 뜻이었다.

'경찰 선에서는 해결을 못 할 거라고 생각했나? 아니면 경찰에게 알려지면 곤란한 정보가 있다거나……'

어쩌면 김기환은 현장을 보고 이들이 알아내지 못한 단서를 발견했을지도 모른다.

'그럼에도 처음부터 안기부에 연락하지 않은 건 그쪽과 별로 친하지는 않단 의미겠지.'

양상춘은 그 흐름이 얼추 눈에 잡혔다.

'괴한의 정체는 아마도 조광의 관계자일 터. 그것도 조설훈의 죽음에 의혹을 가진, 그러면서 그 점을 이용하려고 하는……'

조광은 최근 CEO를 새로 선임하기는 하였으나, 그럼에도 권력의 중심은 여전히 이사회에 있다.

지금도 조설훈 파벌, 혹은 그에 반하는 파벌이 이사회 내에서 각축전을 벌이고 있을 터.

그 와중 조설훈에 얽힌, 그 죽음에 관한 미스터리가 풀리면 누군가는 이득을 보거나 손해를 볼 것이 분명한 상황이었다.

'그런데 조금 의외군. 나는 그런 상황에 닥친 김기환은 응당 이성진에게 달려갔을 거라고 생각했는데, 둘 사이의 관계가 단절되기라도 했나? ……아니지.'

김기환은 바보가 아니다.

만약 (실제로는 그런 일이 없었지만)괴한을 사주한 범인이 함정을 파 놓고 있었다면, 그가 '도움을 요청하는 대상'이 누구인가 하는 걸 염두에 두고 이를 기다렸을 것이다.

그러니 김기환은 이성진이 아닌 다른 누군가에게 도움을 요청한 것이고, 이성진과 경찰을 제하고 남는 막강한 인맥이 안기부였단 것이리라.

'게다가 이곳 일산출판사가 안기부의 위장 아지트 중 하나라는 건 정말 아는 사람만 아는 정보니까.'

김기환이 그걸 알고 있었다는 건 의외였지만.

한편, 여진환은 다시금 상념에 잠긴 양상춘을 깨우려 했으나, 강하윤이 손가락을 입에 가져다 대며 입을 벙긋거리는 바람에 관뒀다.

'쉿, 방해하지 마.'

나 참.

그래서 여진환은 양상춘의 생각이 끝나길 기다렸다.

잠시 후 양상춘이 입을 뗐다.

"혹시 그 괴한들에게서 특이한 사항은 없었나?"

"네? 아, 네."

이번에는 강하윤이 대답하며 가방을 뒤적인 뒤 파일을 꺼냈다.

"여기, 범인의 몽타주입니다."

"몽타주라."

몽타주가 으레 그렇듯, 그림 속 남자는 실제로 이렇게 생긴 사람이 있는 듯 없는 듯한 얼굴을 하고 있었다.

몽타주 속 사내는 드러내 놓고 험악하다고 할 수는 없었지만 어딘지 냉혹한 인상을 심어 주는 것이, 양상춘은 이 사람이 밤중에 부하들을 끌고 나타나 돈을 툭 던지며 '아는 대로 불어라' 하고 명령하면 집안에 있는 숟가락 개수까지 말할 자신이 있었다.

'대놓고 험악한 인상보단 이런 인간이 더 무서운 법이거든.'

그런 와중에도 자신이 아는 사실을 곧이곧대로 전달하지 않은 김기환에게는 '올해의 용감한 기자상'이라도 주어야 할 것 같다.

그런 게 있다면 말이지만.

"잘 그리긴 했군. 그래도 별로 참고는 안 되겠네."

"으음, 뭐…… 그래도 없는 것보다는 낫지 않겠습니까?"

양상춘이 몽타주를 강하윤에게 돌려주었다.

"그 외에 특이한 사항은? 이를테면 지방 억양이라거나."

"그게……."

강하윤은 잠시 이걸 말해도 되나, 하고 망설였다.

그 내용을 상부에 보고했더니, 그들은 거기에 별 관심을 보이지 않았던 것이 생각난 것이다.

망설이는 강하윤을 대신해 여진환이 대신 말했다.

"일본어를 썼습니다."

"일본어?"

"예, 단 한마디지만 돌아가면서 부하들에게 카에루, 하고 말했다더군요."

여진환을 힐끗 째려본 강하윤이 덧붙였다.

"다만 저희 내부에서는 별로 중요하지 않은 내용이라고 했습니다. 수사에 혼선을 줄 수 있는 불필요한 정보라고……."

"그렇기는 하지."

동의를 해 줄 줄 알았던 양상춘은 의외로 상부의 판단을 인정하는 발언을 했다.

"일본어를 아는 내 입장에서야 그게 돌아가자는 의미의 카에루인 것을 알고 있지만 그건 한편으론 사람 이름일 수도 있고, 내가 모르는 러시아어이거나 다른 언어일 수도 있는 거니까. 그보다는 차라리 방금 전 자네가 내게 보여 준 몽타주가 더 신뢰가 갈 정도야. 광수대에는 엘리트들만 있다더니 정말 그런 거 같군."

그런 양상춘의 말에 강하윤과 여진환은 떨떠름한 얼굴이 됐다.

미련을 버리지 못한 여진환이 끼어들었다.

"하지만 박사님, 그게 정말로 일본어였다면요? 그럴 가능성도 배제할 수는 없지 않습니까?"

"그럴 수도 있겠지. 하지만 자네⋯⋯. 아니, 먼저 이것부터 묻지. 만약 범인이 일본인이라고 할 경우, 괴한들의 정체는 뭐라고 생각하나?"

"정체는 그야⋯⋯."

알 턱이 없잖습니까, 하고 말하려는 여진환의 말을 양상춘이 가로챘다.

"최소한 자네는 거기서 어떤 한 인물을 떠올렸을 걸세."

양상춘의 지적에 여진환은 속이 뜨끔했다.

"아마도 이번에 CEO로 취임한 이철희 씨를 떠올렸겠지. 안 그런가?"

"……"

연거푸 이어진 양상춘의 말에 정곡을 찔린 여진환은 결국 아무 말도 하지 못했다.

양상춘은 그런 여진환을 향해 고개를 한 번 끄덕여 보인 뒤 말을 이었다.

"어쩌면 정말로 괴한의 정체가 일본인이거나 그 관련자일 수도 있네. 하지만 우리는 앞서 범인이 '멍청해서 일을 그르쳤다'는 내용은 배제하기로 하지 않았던가?"

동의한 적은 없지만 맞장구는 쳤던 여진환은 마지못해 고개를 끄덕였다.

"그러면 괴한은 현장에서 일부러 일본어를 썼단 말씀이십니까?"

"그런 가능성도 염두에는 두잔 의미지. 아무리 그래도 이런 일에 인력과 비용을 들인 조직이 '돌아가자'는 간단한 한국어도 모르는 부하를 끌고 다니지는 않을 테니까."

"……"

"뭐, 그렇기는 해도 괴한이 자신을 일본 또는 일본 관계자임을 알아달라는 신호를 보낸 것 자체는 흥미롭군. 그리고……"

어쩌면 그걸 김기환이 알아주길 바라고 함정을 판 것일지도 모른다.

'혹시 김기환은 조광 쪽에 일본과 관계 있는 누군가가 있다

는 걸 알고서, 안기부에 이를 의탁한 것일지도 모르겠군.'

그리고 그 배후는 이성진이 건들 수 없거나 건들기 곤란한 인물이지 않을까.

'어렵군. 일단 김철수에게 이 내용을……'

아니 그럴 이유는 없을 것 같다.

양상춘은 김철수와 더 이상 엮이고 싶지도, 그렇다고 그들에게 의리를 보일 필요도 없으니까.

굳이 따지자면 양상춘은 김철수를 비롯한 안기부 측을 그다지 신뢰하지 않고 있었으며, 조설훈 살해를 사주한 것이 광금후라는 그 말도 믿지 않았다.

'그렇다고 이들에게 안기부의 존재를 알릴 수는 없으니.'

(이번에도 방해 없이)생각을 정리한 양상춘이 다시 입을 뗐다.

"그래도 어쨌건 캐볼 가치는 충분해 보이는군. 자네들은 시간이 나면 조광에 일본과 관계 있는 사람은 없는가 하는 걸 한번 조사해 보게. 내 생각이지만 그들도 지금은 자네들과 목적을 함께하고 있는 것 같거든."

"목적? 목적이라 하심은……."

여진환의 물음에 양상춘이 대답했다.

"내 추측이지만, 그들도 조설훈을 살해한 진범이 누군가 하는 걸 찾고 있는 것 같네."

양상춘의 말에 강하윤과 여진환은 진지한 얼굴로 고개를 끄덕였다.

언제부터였는지, 어디서부터였는지, 일이 꼬이고 있었다.

'원래'라면, 이런 예정은 없었다.

벌어져야 할 일이 벌어지지 않았고, 벌어져선 안 될 일이 벌어졌으며, 나타나선 안 될 사람이, 나타나선 안 될 시간에, 나타나선 안 될 장소에 나타났다.

세계는 이렇게도, 고작 이런 사소한 뒤틀림 하나만으로도 그 결과가 달라지는가.

어쩌면 그것이 세계가 원래 갖춰야 할 형태라는 것처럼, 세계는…….

"도착했어."

매니저 겸 운전수 겸 소속사 대표까지 겸하고 있는 배종찬의 말에 안형욱은 느지막이 기지개를 켠 뒤 천천히 주위를 둘러보았다.

"어디야?"

"자네도 참, 아까 말했잖아. SJ컴퍼니."

"……아, 그랬지."

안형욱은 그제야 여기가 어디고, 차에 올라타기 전에 들은 행선지가 어디였는지 기억났다는 양 느릿하게 대답했다.

'녀석도 참.'

오랜 시간 그 곁을 지켜 온 배종찬은 잠이 덜 깬 안형욱의 멍한 모습에 쓴웃음을 지었다.

세간에서 '완벽하다'고 일컬어지는 대배우 안형욱의 저런 빈틈투성이인 일면을 보면 팬들은 실망할까, 안 할까.

안형욱의 사생활이 깨끗하다고 일컬어지는 이유는 별게 아니었다.

안형욱은 일이 없을 때면 거의 항상 잠에 빠져 지내는 잠꾸러기여서, 그는 아마 잠을 자는 자체가 안형욱의 취미가 아닐까 싶을 정도였다.

'저래 보여도 촬영만 들어갔다 하면 사람이 달라지니……. 세상일이란 건 참 모르겠어.'

벤에서 내린 안형욱은 SJ컴퍼니 지하 주차장에 서서 다시 한번 기지개를 켠 뒤 배종찬을 보았다.

"갈까?"

"아, 그래."

안형욱은 곧장 성큼성큼 발걸음을 옮겼다.

"너, 어디가 어딘지는 알고 가냐?"

"대충은 알 거 같아."

"……거긴 주차장 출구인데?"

"아."

정말이지, 이 녀석은 내가 없으면 안 된다니까.

배종찬은 쓴웃음을 지으며 엘리베이터로 앞장섰다.

"여기서 곧장 올라가면 된다더군."

"응."

배종찬 곁에 선 안형욱은 하품을 한 뒤 그를 보며 물었다.

"그런데 우리, 여기 왜 왔더라?"

"……벌써 치매냐?"

"지금이 몇 년도야?"

"1996년입니다, 배우님."

"응, 그러면 아직은 아닐걸."

휴우, 나도 참 이 나이에 이 녀석을 상대로 무슨 대화를 하는 건지.

안형욱은 평소에도 기행 아닌 기행을 벌이곤 하지만 잠이 깬 직후는 특히나 이렇다.

'나잇값도 못하고 어린애 같다니까.'

피차 슬슬 손주를 봐도 별로 이상하지 않을 나이인데 말이다.

'이럴 때면 나도 꼭 철부지 시절로 돌아간 것 같아서 싫지만은 않다만.'

에휴, 한숨을 내쉰 배종찬이 또박또박 입을 뗐다.

"어제, 저쪽에서 신작 영화 출연 제의가 왔고, 내가 물으니까 네가 승낙했어."

안형욱은 스케줄을 복기해 주는 배종찬의 말을 들으며 곰곰이 생각하다가 그에게 물었다.

"내가? 신작 영화에?"

"음. 너도 슬슬 작품 하나쯤 찍을 때 아니냐. 그러잖아도 사람들이 CF로만 본다고 불만인 모양이던데."

안형욱이 고개를 갸웃했다.

"내가 그렇게 오래 쉬었나?"

"……뭐, 저번에 K쪽 드라마에 출연하긴 했지? 그래도 그건 사실상 네 급에 안 맞는 출연이었고 심지어 4화만에 퇴장했으니…… 듣고 있어?"

"듣고 있어."

선 채로 졸다니, 저것도 재능이라면 재능이겠다.

"아무튼 그쪽에서 자네가 흥미를 보일 만한 제안을 던졌지. 실제로 너도 곧장 미팅에 수락했고."

"응? 내가? 왜?"

"……장여옥이랑 영화 찍는다니까 자네가 오케이했잖아."

안형욱이 머리를 긁적였다.

"장여옥이랑은 이미 작품 했잖아."

"……이 양반이. 너, 장여옥이랑 만나 본 적도 없는데?"

안형욱이 하품을 하며 대답했다.

"장여옥은 저번 방한 때 봤잖아?"

"안 봤어. 그러잖아도 너 안 왔다고 협회에서 난리를 피워서 그거 수습하느라 혼났구만."

"아……. 그랬나."

안형욱은 입맛을 쩝쩝 다셨다.

"응, 그랬던 거 같군. 기억났어."

"나 참, 그런 꿈이라도 꿨나……."

배종찬의 중얼거림에 안형욱이 빙긋 웃었다.

"그런 거 같네."

"아무튼 이제 잠 깼지? 아니면 이번에도 내가 전담할까?"

"아니야."

띵, 하고 엘리베이터가 도착했다.

"나도 이 상황이 조금 흥미롭거든."

그렇게 말하는 안형욱의 멍한 눈에서 반짝, 이채가 발하는
걸 보며 배종찬은 이 친구가 이제야 잠에서 깼나 보다, 생각
했다.

3장

안형욱이라고 하면 대한민국에서 연기력과 커리어로 따져 둘째가라면 서러워할 톱급 배우로, 업계 관계자들은 그를 일컬어 아역배우 시절부터 완성되었다는 이야기를 하고는 했다.

그 연기력은 흑백영화 시절인 아역 때부터 군계일학, 또래 중에서도 따라올 자가 없었으며 보다 원숙해진 청년 시절에는 이미 모든 영화인들의 존경과 시샘을 한 몸에 받는 배우로 거듭나 있었다.

그래서 사람들은 안형욱에 대해 말할 때마다 그만한 배우가 할리우드에 있었더라면 하는 아쉬움을 토로하는 한편, 그가 한국 예술계에 몸담고 있는 것에 자부심을 느끼기도 했다.

다만 그런 안형욱도 작품을 고르는 것만큼은 무척 까다롭기로 유명했다.

언젠가, 그는 이름난 감독과 제작진을 꾸린 어느 고예산 프로젝트의 작품을 마다하고 '당시' 무명 소출이던 어느 감독의 저예산 독립영화를 택한 적이 있었다.

당시 호사가들은 그런 안형욱을 일컬어 예술병에 걸려 넝쿨 때 굴러 들어온 호박을 발로 걷어찼다며 수군거렸지만 정작 결과는 정반대.

안형욱이 출연한 작품은 비록 상업적으로는 별 볼 일 없는 결과를 낳았으나 후일 각종 국제 행사에 초빙될 경쟁력 있는 작품이 되었고, 예의 고예산 프로젝트는 중간에 제작사의 횡령이 발각되며 흐지부지 엎어지며 없던 일이 되고 말았다.

우연인지 아닌지는 모르나 어쨌건 안형욱과 관련된 그런 전설적인 일화는 한둘이 아니어서, 병아리 제작자들 중에는 '안형욱이 출연하는 작품'을 목표로 제작에 임하는 사람도 있을 정도였고, 매체에서 공공연히 안형욱의 이름을 입에 담으며 그 연락을 손꼽아 기다린다는 노골적인 술수를 부리는 이도 있을 정도였다.

'그리고 그 안형욱이 오늘 우리 회사로 온다……'

그야, 나도 안형욱과는 이번 생 들어서 이런저런 업무로 엮인 몸이긴 했다.

그는 〈먼나라 이웃사촌〉의 초대 특별 게스트 MC이기도 했고, 얼마 전에는 성황리에 방송 중인 드라마 〈첫사랑〉에 파격적인 조건을 앞세워 깜짝 출연하기도 했다.

그런데 이래저래 이쪽 일을 시작하고 업계 뒷사정을 알고
난 뒤부터, 나는 당시 〈먼나라 이웃사촌〉에 안형욱을 캐스팅
한 것이 '무식하면 용감한 법'이라는 사례에 꼭 들어맞는 일
이라는 걸 알게 되었다.

'지금은 〈먼나라 이웃사촌〉 첫 회의 그 기록적인 시청률은
안형욱이 특별 게스트로 나와서인 걸지도 모르겠단 생각이
들 정도거든.'

아는 만큼 보인다더니, 전생에만 하더라도 내게 안형욱은
'국민 배우'로 인식될지언정 그 정도 영향력을 행사하는 대배
우님이신 줄은 미처 몰랐다.

뭐, 굳이 변명하자면 나도 영화를 즐기는 편이기는 하나 일
부러 안형욱의 전성기 시절을 담은 흑백영화를 찾아서 챙겨
볼 정도의 문화인은 아니었다는 것으로 변명이 가능하려나.

'전공자가 보는 것과 나 같은 장사꾼이 보는 시각이 다른
건 당연하니.'

안형욱이 뭇 연기자와 감독들로부터 존경을 받는 것과 별
개로 내게 안형욱은 한때는 잘나갔을지 모르나 이제는 치고
올라오는 젊은이들에게 주역을 양보하며 조연으로 만족해야
할 그런 배우라 인식할 뿐이었으니까.

'뭐, 그런 평가를 받는 배우라는 걸 알고 나니 그가 시대와
장소를 잘못 태어났다는 생각은 들지만.'

이번 일을 마치고 나면 나도 고전영화를 보며 공부를 좀 해 봐야 하려나.

아무튼 그만큼 대단한 안형욱, 정확히는 안형욱의 소속사 측이 우리 제안을 단박에 받아들였을 뿐만 아니라 안형욱 본 인이 우리 회사로 방문한다는 사실 자체가 지금은 하나의 큰 해프닝인 상황이었다.

'열 번 찍어 안 넘어가는 나무 없다고, 밑져야 본전이란 생 각으로 열한 번 정도 찍어 볼 생각이었는데.'

내 계획은 꽤 단순했다.

안형욱은 '아무 작품이나 하지 않는다'는 말이 있지만, 이 를 바꿔 말하면 '좋은 작품'에 관한 욕망은 있다는 의미일 터.

때마침 듣기로 얼마 전, 장여옥은 여의도 사무실에서의 방 송 촬영용이 아닌 비공식 회식에서 김승연과 윤아름을 통해 인도네시아 영화 출연 제의를 했다고 했다.

'그 장여옥이 회식에 참여했다니 그것도 꽤 놀랄 일이긴 했 지.'

잘은 모르지만 인터넷으로 알아보니 그는 인도네시아에서 꽤 알아주는 감독인 모양이었고, 그 장여옥이 몸소 나섰을 정도이니 안형욱도 이 '좋은 영화(예정)'에 대한 이야기를 들으 면 출연 욕심이 생기지 않을까 생각했을 뿐이었다.

'그나저나 인도네시아라. 크리스가 해당 국적의 유령인간을 만들고자 한 곳과 같은 나라이긴 한데…… 우연일까 아닐까.'

어쨌거나 안형욱 측과 우리는 이래저래 나쁘지 않은 거래를 이어 오고 있었으니, 이 인연을 통해 먼저 한번 찔러나 본 것이 지금 결과로 이어졌다.

"아, 사장님. 오셨어요?"

"예."

나는 분주하게 움직이던 전예은의 말을 받으며 물었다.

"꽤 바쁘신 거 같군요?"

"네."

전예은이 쓴웃음을 지었다.

"안형욱 씨 소속사 측에서도 되도록 이번 방문은 극비로 취급해 달라고 하셔서……."

아무리 상대에서 그런 요망이 있었다지만, 이래서야 이휘철이 회사에 방문했을 때보다 더 정성이 들어간 것처럼 보였다.

'아무리 안형욱이 대단하다지만 사회적 지위는 이휘철이 더 대단할 텐데…… 아니 생각해 보니 전예은은 이휘철과 마주친 적이 없었군.'

두 사람이 마주칠 일이 없도록 일부러 일정을 짠 것도 있긴 하지만, 전예은은 이휘철이 온다는 소식을 안다면 지금보다 더 호들갑을 떨 것 같았다.

전예은이 뒤늦게 생각났다는 듯 내게 물었다.

"아, 사장님. 몸은 괜찮으세요?"

"쌩쌩합니다."

나는 전예은에게 보란 듯 씩씩하게 말했고, 전예은이 그런 나를 보며 웃었다.

　"다행이에요. 그러면 미팅 때까지 아직 시간이 있으니 사장실에서 기다려 주시겠어요?"

　"그러죠. 방해하지 말고 얌전히 있겠습니다."

　"사장님도 참······. 아, 마동철 전무님께서 사장님이 오시거든 연락 달라고 말씀하셨어요."

　안형욱이 온다는 소식에 SJ엔터테인먼트의 실질적 수장인 마동철도 만사 제쳐 두고 오기로 하였다.

　"알겠습니다. 그러면 연락을 넣어 두죠. 수고하세요."

　"네!"

　나는 사장실로 돌아와 등에 맨 책가방을 풀어 놓은 뒤 곧장 마동철에게 전화를 걸었다.

　얼마 뒤 비서에게 전화를 넘겨받은 마동철이 대답했다.

　―예, 사장님. 마동철입니다.

　"네. 예은 씨에게 들으니 전화를 달라고 하셔서요."

　―예. 이번······.

　마동철은 목소리를 조금 낮춰 말을 이었다.

　―안형욱 씨 방문과 관련해 미팅 전 상담을 드렸으면 해서요. 괜찮으시면 사장님이 계신 쪽으로 넘어가도 되겠습니까?

　"그럼요. 기다리고 있겠습니다."

　―예. 그럼 천희수 실장을 대동하고 곧장 넘어가겠습니다.

나는 전화를 끊고 의자에 등을 붙였다.

'나 원, 아무리 안형욱이 온다지만 그렇게까지 큰일인가.'

내 생각에는 어제 이철희랑 단둘이서 저녁을 먹은 게 사업가로서 더 중요한 일이었던 거 같은데, 전예은도 지금 일에 정신이 팔려선 '어제 식사는 어떠셨어요?'하고 묻질 않는다.

'어쨌거나…… 혹시 모르니 나도 실례가 되지 않도록 안형욱의 필모 확인이나 해 둘까.'

나는 마동철과 천희수를 기다리는 동안 인터넷에 접속해 안형욱의 커리어를 찾아보았다.

전생에도 배우 안형욱이 어떤 사람인가 하는 건 대강 알고 있었지만 실제로 만나 본 적은 없었던 데다가, 특히 이 시기의 나는 안형욱이라는 배우를 '커피 광고에 나오는 아저씨' 정도밖에 몰랐으니까.

'어디 보자…… 응?'

인터넷으로 안형욱의 커리어를 찾아 살피던 나는 거기서 묘한 위화감을 느꼈다.

'안형욱이…… 이렇게 대단한 배우였나?'

안형욱이라고 하면 전생에도 국민배우의 대명사로 꼽혔던 인물이니만큼, 그가 얼마나 뛰어난 배우인가 하는 건 나도 알고 있었다.

하지만 인터넷으로 찾아본 안형욱은 왠지 내가 아는 그 안형욱이 아닌 것 같단 느낌이 물씬 풍겼다.

'각종 국제 영화제 초청 및 화려한 수상 경력……. 심지어 해외의 어느 영화감독은 안형욱과 작품을 해 보고 싶다고까지?'

어쩌면 단순히, 내가 알아보지 않아서 모를 뿐인 커리어일지도 모른다.

'하지만 아무리 그래도 이런 커리어라면…….'

그때 똑똑, 노크 소리가 들려 나는 반사적으로 인터넷 창을 닫았다.

"네."

"사장님, 마동철 전무입니다. 들어가 봐도 되겠습니까?"

"예, 들어오세요."

달각 문이 열리며 마동철과 천희수가 사장실로 들어왔다.

"실례하겠습니다."

"어서 오세요. 아, 일단 저쪽에 앉으시죠."

나는 사장실에 비치된 응접용 소파에 앉았고, 두 사람도 내가 앉기를 기다렸다가 소파에 엉덩이를 붙였다.

"이거 참, 꽤 갑작스럽군요."

마동철은 엉덩이를 붙이자마자 푸념을 늘어놓았다.

"사장님이 대단하신 분인 건 진즉 알고 있었지만, 설마하니 안형욱을 회사에 불러오실 줄은 상상도 못 했습니다."

"하하."

나는 방금 본 안형욱의 커리어를 머릿속으로 복기하며 쓴웃음을 지었다.

"그러게요, 저도 이렇게 빨리 반응이 올 줄은 몰랐거든요."

"정말입니다."

마동철이 한숨을 내쉬었다.

"심지어 말씀하신 영화는 아직 촬영이 확정된 사항도 아니고요. 어디까지나 장여옥 씨가 '그런 안건이 있다'는 식으로 가볍게 던진 이야기이지 않습니까."

천희수가 반박했다.

"에이, 전무님도 참. 그 장여옥의 입에서 나온 말인데 가벼울 리가 없잖아요."

"어떤 일이건 계약서에 사인을 하기 전까진 확정이 아니지. 특히 이쪽 업계는 만들고도 창고로 향하는 영화가 수두룩한걸."

"그야 그렇지만……."

나는 손을 들어 두 사람을 제지했다.

"저도 자세히는 못 들었는데, 당시 구체적으로는 어떤 식의 이야기가 오갔습니까?"

"아, 음."

천희수가 머리를 긁적였다.

"저도 영어며 중국어로 대화가 오가는 통에 자세히는 모릅니다만, 크리스가 장여옥 씨의 마음에 쏙 든 모양이더라고요."

"크리스가요?"

"예. 언제부턴가 크리스가 장여옥 씨를 엄마라고 부르는 느낌이었는데. 마마가 엄마 맞죠?"

그렇게 운을 뗀 천희수는 그때 있었던 일을 소상히 전하며 어깨를 으쓱였다.

"남한테 쉽게 마음을 안 여는 승연 씨도 크리스가 마음에 든 눈치였고……. 사장님도 참 어디서 저런 애를 주워 오신 겁니까?"

크리스 그 녀석, 그런 식의 붙임성도 연기할 수 있었나?

'분위기가 꽤나 화기애애했단 말은 들었지만, 설마하니 그 정도였다니.'

크리스 본인에게 물었을 땐 '친목을 다졌다'는 정도밖에 말하지 않았는데, 천희수에게 들으니 어떤 의미에서는 그녀가 장여옥에게 입양되는 걸 노린 건 아닐까 싶은 정도였다.

한편으론 차라리 그렇게 해 주었으면 싶기도 하고.

천희수가 말을 이었다.

"아무튼 그때 크리스를 마음에 들어 한 장여옥 씨는 걔를 꼬드겨서 어떻게든 오디션 정도는 보게 하는 것 정도로는 이야기를 진행했습니다. 겸사겸사 그 자리에 있던 아름이도 일단 물망에는 올려 뒀고요."

천희수가 다시 어깨를 으쓱였다.

"물론 어디까지나 구두로만 약속했을 뿐인 이야기여서…… 연말에 다시 방한하면 자세한 이야기를 해 보려 생각 중이었죠."

"그랬군요. 잘 알겠습니다."

크리스는 내게 그런 일이 있었다는 건 입도 벙긋하지 않았지만.

잠자코 있던 마동철이 끼어들었다.

"문제는 이게 뒷풀이 자리에서 나온 인사치레 같은 이야기인가, 정말로 결행에 옮길 프로젝트인가 하는 점입니다. 막상 안형욱 씨를 모셔 두고 그 직전에야 이런 이야기가 있었다는 식으로 말을 전하면……. 안형욱 씨 측에서도 별로 반길 것 같질 않군요."

어제만 해도 이건 그냥 미끼삼아 던진 이야기였으니, 그 점은 나도 미안하게 생각하고 있다.

나는 떨떠름한 기분을 감추며 미소를 지었다.

"뭐…… 그쪽은 설령 무산되더라도 나중에 제가 책임지고 '실행에 옮길 만한' 프로젝트로 가꿔 보겠습니다."

"장여옥 씨도 응해 주실까요?"

"음……."

이럴 줄 알았다면 크리스를 불러 둘 걸 그랬나 싶었지만.

"그 점은 연말에 장여옥 씨와 어떻게든 이야기를 나눠 보죠."

돈과 의지만 있다면야, 어떻게든 되겠지.

'그리고 마침 내겐 그 두 가지가 전부 있고 말이야.'

그렇게 대책 회의를 하고 있으려니 사장실을 두드리는 노크 소리가 들렸다.

확인하니, 전예은이었다.

"사장님, 이제 막 VIP 차량이 지하 주차장에 들어왔습니다."

슬슬 움직일 때군.

"알겠습니다. 전무님과 실장님은 회의실에서 기다려 주십시오."

"예."

두 사람은 서류를 챙겨 자리에서 일어섰다.

누군가는 사장이 직접 맞이하러 가면 모양새가 떨어진다고들 하지만, 내 일천한 경력과 나이를 감안했을 땐 그런 불필요한 기싸움을 벌여 봐야 이득을 볼 게 없다.

나는 전예은을 대동하고 지하 주차장에서 직행하는 엘리베이터로 향했다.

"조금 긴장되네요."

전예은의 말에 나는 그녀를 멀뚱멀뚱 쳐다보았다.

"예은 씨가요?"

"네. 그도 그럴 게 그 안형욱 씨잖아요? 저도 안형욱 씨가 직접 와 주실 줄은 몰랐거든요."

전예은은 그 저주 같기도 한 초능력 때문인지 활자며 영상처럼 중간에 어느 매체를 거쳐 나오는 문화예술을 선호했다.

그런 그녀이니, 전예은의 취미는 독서뿐만 아니라 영화나 드라마에도 그런 기호가 적용되어서 쉬는 날이면 집 안에 틀어박혀 자신만의 시간을 보내곤 한다던가.

'마침 물어볼까.'

나는 전예은에게 안형욱이 출연한 작품을 본 적이 있는지를 물어보았다.

"그럼요. 비디오로 나온 건 거의 다 봤어요."

'거의 다'라고 하는 건 19세 미만 시청 불가품을 제외한 것이리라.

"설마, 사장님은 보신 적 없어요?"

"뭐어⋯⋯."

그가 '앞으로 출연할' 영화며 드라마는 본 적 있지만, 이맘때 작품은⋯⋯.

"지식으로는 대강 알고 있습니다."

"끄응."

전예은이 눈을 흘겼다.

"오늘은 어쩔 수 없지만 앞으로 어떤 관계로 발전할지 모르니 나중에 챙겨 보세요."

"추천하는 작품 있습니까?"

"에헴, 안형욱의 대표작이라면 역시 〈헝그리 복서〉죠. 안형욱의 경력은 그 영화 이전과 이후로 나뉜다고 할 정도거든요. 그전까지만 하더라도 지금의 아이돌 비슷한 느낌의 배우였던 안형욱을 본격적인 '연기자'의 반열로 끌어 올린 작품이라고 할 수 있어요. 흑백영화이긴 하지만 링 위에 선 안형욱의 눈빛 연기는 지금도 눈앞에 선명하게 그려질 정도예요.
당시 어느 복서는 스크린 속 안형욱의 연기를 보고 링 위에
올라 본 적이 있는 사람 같다고 할 정도로……."

말이 빨라지는 걸 보니 꽤 팬인 모양이다.

나는 쓴웃음을 지으며 전예은의 말을 받았다.

"다음에 기회가 되면 보죠. 왠지 집에 있을 거 같거든요."

비디오가 아니라, 필름으로.

"아, 대표님(사모는 서류상 이 회사 대표니까)이 팬이셨죠."

"예."

어느 정도냐면 이태석이 조금 질투를 할 정도로.

'음, 가만 보니까 전예은은 사모랑 쿵짝이 잘 맞겠네.'

아니 뭐 저번에 둘이서 만나게 했을 때도 그런 낌새는 조
금 있었다만.

'그래서 더더욱 어지간하면 그 두 사람을 만나게 하고 싶지
가 않아.'

뭐, 나도 벌여 놓은 일이 있다 보니 평생 회피할 수는 없겠
지만.

"그런데 예은 씨, 막상 안형욱 씨를 만나면 실망하는 거 아
니에요?"

내 말에 전예은은 빙긋 웃었다.

"그렇지는 않을 거예요. 배우랑 작품 속 등장인물은 구분
해야 하는 법이잖아요?"

"……그렇습니까."

전예은은 별생각 없이 자신의 주관을 늘어놓았을 뿐이겠지만, 그녀의 말은 '이성진'을 연기하는 내게 조금 위안으로 다가왔다.

"아."

전예은이 허리를 꼿꼿이 펴기에 시선을 엘리베이터로 돌리니 곧 도착할 예정이었다.

나도 만반의 준비를 갖춘 채 엘리베이터 앞에 서서 안형욱을 기다렸다.

이윽고, 띵 소리와 함께 엘리베이터가 멈춰 서며 문이 열렸다.

"어서 오십시오."

엘리베이터 안에는 소속사 대표인 배종찬과 안형욱이 서 있었다.

"아……."

배종찬은 예상대로 갑자기 눈앞에 나타난 어린애(나)를 발견하곤 당황한 눈치였지만.

빙긋.

안형욱은 내게 잔잔한 미소를 건넸다.

마치 내가 누구인지 알고 있는 것처럼, 심지어 마치 오랜만에 오랜 지인을 만나기라도 한 듯이…….

'착각이겠지.'

어쨌건 나는 일단 소개를 이어 갔다.

"SJ컴퍼니 사장 이성진입니다. 안형욱 님과 배종찬 대표님이시죠?"

"아, 어. 그래."

배종찬이 뒤늦게 내 말을 받았다.

"아니 그렇습니다. 흠, 흠,"

그는 무심결에 뱉은 반말을 얼버무리며 말을 이었다.

"사장님께서 직접 마중을 나오실 줄은 몰라서 조금 당황했습니다."

"아뇨, 당연히 마중을 나와야지요. 오히려 주차장까지 마중을 못 간 것이 죄송할 정도입니다."

나는 적당한 비즈니스 토크로 배종찬을 응대하면서 힐끗, 안형욱을 살폈다.

기묘했다.

얼굴은 익히 알고 있으나 실제로 만나 본 그는 그 외형과 별개로 어딘지 소년 같기도 하고, 노인 같기도 한 느낌이었다.

그럼에도, 그 중간은 보이질 않았다.

'이상한…… 느낌이군.'

안형욱은 연령으로 보면 그 중간, 노년 전의 중장년의 사내다.

하지만 나는 안형욱에게서 비치는 소년의 모습을 어색하다고 느낀 것이 아니었다.

이따금 어느 분야의 거장은 나이에 걸맞지 않은 소년기의 열정과 순수함을 간직하고 있는 경우가 많으니, 안형욱 본인 또한 그런 경우라고 한다면 나도 그 특질을 이해 못 할 바는 아니다.

'이휘철도 이따금 그런 소년 같은 모습을 내비칠 때가 있으니까.'

하지만 내가 느낀 위화감은 그 '소년의 느낌'이 내비치는 극단에 자리 잡은 '노인'의 모습 때문이었다.

그가 보이는 노인의 느낌에서 나는 무척 오래되고 낡은, 모든 것을 내려놓은 사람이 보이곤 하는 초탈한 면모를 언뜻 느낀 것이었다.

그렇기에 그 연령상 느낌은 노인에 가까워야 함에도 불구하고 그 '노인'에 달하는 거리감이 너무 아득한 나머지, 안형욱이란 남자는 차라리 소년에 가까운 느낌이 더 친근하다고 해야 할까…….

순간, 그를 관찰하는 나를 들킨 것 같은 느낌이 들어서 나는 얼른 몸을 돌렸다.

"안내하겠습니다. 따라 오……시죠."

나는 나도 모르게 말끝을 흐렸다.

어째 얌전하다 생각했던 전예은은, 고개를 푹 숙인 채 어깨를 파들파들 떨고 있었다.

'이건 또 무슨…….'

혹시 안형욱을 보자마자 '뭔가'를 느낀 것일까.

그럴지도 모른다. 나조차 위화감을 느꼈으니, 전예은은 내가 보지 못한 것을 보았으리라.

'하는 수 없군.'

나는 슬쩍 전예은의 등에 손을 대며 그녀에게 속삭였다.

"예은 씨."

"아, 네!"

장소를 잊은 듯 목소리가 떨리고, 높았다.

"……윤 실장님이랑 교대하세요."

"네……."

사정은 잘 모르지만, 지금은 전예은을 써먹지 못할 거란 건 확실해 보인다.

나는 전예은의 쥐어 짜낸 듯한 목소리를 뒤로하고 배종찬을 돌아보며 미소를 지었다.

"죄송합니다. 제 비서가 안형욱 님을 만나고 긴장했나 봅니다. 방금 전까지만 해도 신나서 안형욱 님의 작품 이야기를 했는데 말이에요."

"하하……. 그렇군요."

배종찬은 어색한 웃음으로 내 말에 맞장구를 쳤다.

나는 갓 태어난 사슴처럼 발걸음도 못 떼는 것 같은 전예은을 남겨 둔 채 앞장서 걸었다.

"대표님도 이런 경우는 왕왕 보셨겠죠?"

"하하, 그래도 흔하지는 않죠."

그런데 안형욱은 따라오지 않고 전예은에게 다가가 그녀에게 무어라 속삭였다.

무슨 말을 들었는지 전예은은 눈을 동그랗게 떴고, 안형욱은 그런 전예은을 향해 미소 띤 얼굴로 고개를 끄덕여 보인 뒤 곧장 우리를 따라왔다.

"뭘 한 거야?"

배종찬의 말에 안형욱이 웃으며 대답했다.

"나중에 사인해 준다고 했어."

"……너답다, 너다워."

그가 안형욱의 오랜 지기라는 말이 생각나는 모습이었다.

'흠.'

그러거나 말거나, 나는 잠시 안형욱이란 남자를 보며 생각했다.

'독순술을 익히지는 않아 잘은 모르지만, 최소한 그런 말을 하는 입모양은 아니었는데 말이지.'

게다가 그러고 보니 방금 안형욱의 목소리를 처음으로 들었군.

이성진이 안형욱과 배종찬을 대동하고 회의실로 들어서자

조곤조곤 상의하던 마동철과 천희수는 앉은 자리에서 벌떡 일어섰다.

"SJ엔터테인먼트 마동철 전무입니다."

"SJ엔터테인먼트 천희수 실장입니다."

그 뒤 세 사람은 이성진의 중개하에 인사와 명함을 주고받았다.

한편 안형욱은 모든 걸 배종찬에게 맡겼다는 듯 입도 벙긋하지 않았다. 그리고 다섯 명은 상석을 비워 둔 채 각각 병렬로 자리를 잡았다.

그들은 본격적인 회의에 앞서 우선 마중물 격의 이야기를 주고받은 뒤―요즘 업계에 SJ엔터테인먼트에 대한 소문이 자자합니다, 어휴 아닙니다. 그러시는 대표님 측도⋯⋯―배종찬의 주도로 슬슬 본론에 들어갔다.

"전화로 들었습니다만, 저희 안형욱 씨가 꼭 좀 출연해 주었으면 하는 작품이 있다고요."

"아, 넵."

올 게 왔군.

마동철은 긴장한 티를 감추며 배종찬의 말을 받았다.

"얼마 전 장여옥 씨가 방한하셨을 때 나온 이야기입니다만, 저희와 인연이 있는 방준호 감독님이 인도네시아 감독님을 소개해 주었습니다."

"인도네시아요?"

배종찬은 눈썹을 씰룩였다.

인도인 줄 알았는데.

'아니 생각해 보니 그랬던 거 같기도 하고…….'

별 관심이 없어서 흘러 넘기고 말았던 이야기다.

'그나저나 형욱이 이 녀석, 아까는 자기한테 맡겨 달란 식으로 말해 놓곤 또 내가 계약을 주도하고 있군.'

그런 감상까지 포함해 배종찬은 떨떠름한 얼굴로 다시 입을 뗐다.

"아닙니다. 계속해 보시죠."

"예. 방 감독님을 이 자리에 모시지는 못했지만, 그분께 들으니 국제 영화제에서 안면을 튼 사이라 하시더군요. 그러니까 성함이…….."

마동철은 메모장에 따로 적어 둔 인도네시아 이름을 또박또박 읽었다.

"사르……또노, 또픽, 라흐마니……라는 분입니다만."

당연하게도 배종찬은 들어 본 적도 없는 이름이었다.

"사르……또노?"

"음, 저희에게는 조금 생소할 수도 있습니다만, 알아보니 인도네시아 현지에서는 알아주는 감독이라고 합니다."

그야, 국제 영화제에 모습을 드러냈다면 그렇기는 하겠다만…….

'왠지 별로 돈이 될 거 같지는 않군. 새삼 돈이 부족한 건

아니지만.'

다소 떨떠름해하는 배종찬 곁에서 안형욱이 툭 입을 뗐다.

"사르또노 감독이라, 좋군요."

"엉?"

배종찬이 조금 당황하며 안형욱을 보았다.

"설마, 알아?"

"응, 만나 본 적은 없지만."

안형욱이 대답했다.

"좋은 작품을 만드는 좋은 감독이야."

"어…… 음. 그러냐."

"덧붙이자면 자바족이지. 참고로 사르또노는 옛 자바 고대 왕국 왕의 이름이고, 또픽은 행복한, 라흐마니는 자비로운 이라는 뜻이 있어. 즉, 풀어 보자면 자비롭고 행복한 사르또노, 라는 이름이 되겠군."

"……그래. 음, 잘 아는구먼."

이 친구, 평소엔 맹한 주제에 이상한 점에서 꽤 박식하다니까.

'설마 인도네시아어까지 하는 건 아니겠지.'

수십 년을 봐 왔지만, 안형욱은 아직도 보여 줄 의외의 면모가 많이 남은 남자였으니, 그럴지도 모르겠다고 배종찬은 생각했다.

안형욱이 고개를 돌려 이성진을 보았다.

"이성진 사장, 그래서 사르또노 감독은 어떤 영화를 구상하고 있답니까?"

"네? 아, 네."

설마하니 안형욱이 자신에게 뭔가를 물어볼 줄 몰랐는지, 잠시 멍하니 있던 이성진이 허둥지둥 대답했다.

"그러니까, 방준호 감독이 전하기로는 엄마를 찾아 인도네시아로 건너온 소녀를 주인공으로 구상 중인 작품이라고 했습니다."

이성진의 말에 배종찬이 끼어들었다.

"잠깐만요. ……소녀가 주인공? 그러면 거기서 저희 안형욱 씨의 역할은 뭡니까?"

"만약 출연하시게 된다면……."

배종찬이 무례하게 이성진의 말을 중간에 가로챘다.

"어쨌거나 조연이군요."

이성진은 잠시 생각하다가 단호한 표정으로 대답했다.

"예, 그렇습니다."

허, 참.

안형욱 쯤 되는 거물 배우를 불러선, 인도네시아 영화? 심지어 조연? 방금 들은 시놉시스로는 '엄마'를 찾아 온 소녀라고 했겠다, 그러니 중요한 배역조차 아닐 것 같다.

'나 원, 하다못해 국내 유명 감독의 영화라면 재미삼아 까메오 출연도 고려는 해 보겠지만 어디서 들도 보도 못한 감

독의 작품을 들고 와선⋯⋯.'

사람을 놀리는 것도 아니고.

'애당초 여기 온 것도 안형욱의 말 때문이었지만.'

불에 기름을 붓는 것인지, 이성진이 뒤이은 말에 배종찬은 하마터면 자리를 박차고 일어설 뻔했다.

"아, 그리고 아마 출연하시게 되면 오디션을 보셔야 할 겁니다."

"뭐?"

일어설 뻔했지만, 안형욱이 그 팔을 잡아채는 바람에 그러지 못했다.

"나한테 맡겨."

"⋯⋯."

배종찬을 진정시킨 안형욱이 이성진을 보며 담담히 말을 이었다.

"즉, 정리하자면 아직 구체적인 시나리오도 없고, 저는 사르또노 감독의 오디션을 봐야 하며, 그 결과에 따라 배역이 정해진다는 거군요. 맞습니까?"

마동철과 천희수는 그런 이성진을 말리고 싶었지만.

"예, 말씀대로입니다."

⋯⋯이미 늦었다.

"또한, 아마 촬영도 현지에서 이루어지겠군요."

"그럴 확률이 높습니다."

안형욱이 고개를 끄덕였다.

"재밌군요. 해 봅시다."

엑?

그 자리에 모인, 안형욱을 제외한 일동은 뜨악한 표정으로 안형욱을 보았다.

'진심인가?'

당황하기로는 이성진도 마찬가지였다.

당초 이성진의 계획은—마동철이나 천희수의 생각과 달리—안형욱을 사……르또노 감독의 영화에 출연시키는 것이 아니었다.

'그야 해 주면 좋지만, 설령 하지 않더라도 상관없는 이야기였지.'

그도 그럴 것이 그 인도네시아 영화감독의 작품은 아직 구상 단계에 있을 뿐만 아니라 이성진도 명시된 서류를 받아 본 것은 아니었다.

'기획 단계에서 엎어지는 영화는 부지기수이니.'

그래서 이성진도 방금 전 사장실에서 마동철과 천희수의 이야기를 들으며 그제야 '장여옥도 관심을 보인다니, 여차하면 투자를 할 수도 있다'는 생각을 했던 것인데…….

'안형욱이 이 프로젝트에 관심을 보일 줄이야.'

그것도 흔쾌히.

'아직 준비한 패도 덜 보였는데.'

여기에 이성진이 준비한 패는 김승연의 출연 여부였다.

전예은이 전한 바에 의하면 김승연의 친부는 눈앞의 안형욱이었고, 안 그러는 것처럼 보인 안형욱도 이래저래 파격적인 드라마 출연 등으로 물밑에서 김승연의 커리어 성취에 도움을 주는구나 생각했다.

'나는 혹시 뭔가 착각을 하고 있는 건 아닐까?'

물론 안형욱은 이번이 초면이다.

하지만 지금껏, 그리고 전생에서 봐 온 그 커리어로 그를 잘 안다고 생각했던 이성진에게 지금 안형욱의 모습은 그에게 어딘가, 당장 언어로 표현하기 힘든 위화감을 선사하고 있었다.

이성진은 지금 두 가지 경우의 수를 떠올리고 있었다.

그 가설 첫째는 이성진 본인이 안형욱을 원하는 것처럼 안형욱 역시도 자신과 좋은 관계를 맺고 싶어 한다는 것.

안형욱은 이성진(정확히는 SJ컴퍼니와 그 계열사)의 어떻게 보면 터무니없는 의뢰―단발성기는 하나 〈먼나라 이웃사촌〉의 MC를 맡는 일―에 동참하기도 했거니와 얼마 전에는 윤아름과 함께 작품을 해 보고 싶다는 이유로 윤아름이 출연하는 조건을 앞세워 이미 정해진 배역을 교체해 가며 출연 의사를 보였다.

당시 이성진은 안형욱이 사실상 삼광 그룹의 자회사인 SJ컴퍼니 측과 좋은 관계를 맺고 싶어 그러는 것이라 생각했다가도 그와 김승연 사이의 관계를 알고 난 뒤로는 조금 다른 방향의 사고를 했다.

'그때 나는 그가 김승연이 횡령이나 하는 형편없는 소속사를 벗어나 내게 들어오길 바란 것이라고 생각했지.'

또, 실제로 그렇게 되었다.

현재 김승연은 기존 소속사를 빠져나와 SJ엔터테인먼트에 들어와 커리어를 쌓아 올리는 중이었으니까.

'그건 나쁘지 않았지. 나는 나대로 김승연이라는 걸출한 인재를 손에 넣었고, 지금처럼 안형욱과 미팅을 할 수 있게 되었으니까.'

안형욱 역시도—그가 품은 부성애의 깊이와 형태야 어쨌건—이해관계가 일치하는 자신을 이용해 물밑에서 김승연에게 도움이 되는 형태로 상황을 움직였으니, 상호 원원.

그리고 이성진은 여기서 한 걸음 더 나아가 업계에서 첫 손에 꼽히는 대배우 안형욱과 보다 돈독한 관계를 가져 보려 한 것이었다.

그런데 왠지 모르게, 이성진은 안형욱이 자신에게 바라는 건 그런 것이 아니었을 거란 생각이 들었다.

'여기서 두 번째 가설이지.'

가설 두 번째, 안형욱은 어디까지나 자신의 흥미본위로 움직이고 있을 뿐이라는 것.

그가 〈먼나라 이웃사촌〉의 패널 진행을 맡아 준 것도 '지금껏 없었던' 프로그램에 대한 흥미에 불과했고, 얼마 전 드라마에 4화짜리 조연으로 출연한 것도 어디까지나 그쪽이 전한 대로 '좋은 연기를 한 윤아름에 대한 흥미'였다면?

'지금은 왠지 모르게 이 두 번째 가설에 힘이 실리는 기분인걸.'

지금도 그는 사르또노 감독의 영화에 출연할 수 있다면 오디션도, 해외 로케도 상관없다는 식이었다.

'하긴, 뿐만 아니라 장여옥과 함께 영화를 찍을 수 있는 기회이기도 하니 배우로서 욕심이 날 만한 상황……인 건가.'

한편으로는 그것 뿐만은 아닐 거 같다는 생각도 들기는 하지만.

배종찬이 당황하며 안형욱에게 말했다.

"자네, 진심이야?"

"응."

이 상황에 안형욱 홀로 태연했다.

"주제 의식도 꽤 흥미롭고……. 배우로서 내가 어디까지 할 수 있을지 시험해 보고 싶기도 해서."

"아니 잠깐만."

배종찬이 관자놀이를 문질렀다.

"방금 들으니까 주제가 딱히 특출 난 거 같지는 않은데? 사실상 인도네시아판 엄마 찾아 삼만 리 아닌가, 이거?"

배종찬의 말에 마동철과 천희수는 속으로 고개를 끄덕였

다.

'사실 좀, 그렇지.'

'돈이 될 작품이 아닌 건 확실하죠.'

아무리 세상에 존재하는 명작들이 고전의 변주에 불과하다고는 하나, 이번 작품이 '상업적 성공'을 거둘 것처럼은 보이질 않았다.

배종찬이 말을 이었다.

"설령 촬영을 한다더라도 암만 자네나 장여옥이 흥행보증수표라지만…… 이번만큼은 국내에 걸어 줄 배급사를 찾기도 힘들걸세. 솔직히 말하면 지금 장여옥도 그렇지만 홍콩 영화도 슬슬 한물가는 느낌이고, 예전 같질 않아. 또, 자네도 나이를 생각해야지. 언제까지 청춘스타일 줄 아나?"

그래도 나름대로 공식적인 자리인데, 꽤나 할 말 못 할 말 다 하는 사람이라고, SJ컴퍼니 일동은 생각했다.

"하물며 무명 인도네시아 감독 영화에……. 결국 해 봐야 현지에서 크랭크인되고 말지 않겠나."

"일단 정리하지."

안형욱은 담담히 입을 뗐다.

"첫째, 사르또노 감독은 자네 생각만큼 이름 없는 감독은 아니야. 지금도 해외에서는 알 사람은 아는 영화감독이지. 또, 인도네시아 영화 시장은 커. 인구수부터가 우리나라의 몇 배에 이르니까."

안형욱이 이성진을 보았다.

"이성진 사장, 지금 인도네시아 인구가 얼마쯤 됩니까?"

"예? 아…… 그러니까."

이성진은 갑자기 화살이 자신을 향해 당황하면서도 곧잘 대답했다.

"제가 알기로는 1억 9천……. 거진 2억에 가깝습니다."

"들었지?"

배종찬은 떨떠름한 얼굴이 됐다.

"뭐, 좋아. 현지 크랭크인에 그치는 걸로 만족하고 국내엔 비디오 판권만 따온다고 쳐. 자네는 그걸로 만족할 수 있겠나? 아니 그런 상업적 실패는 추후 자네의 이미지에도 영향을 끼칠 걸세. 그러면 지금 계약된 광고도……."

이거 참, 반대를 위한 반대를 하는군.

이성진이 끼어들지 말지 고민하는 찰나, 안형욱이 픽 웃으며 말했다.

"그 부분은 논할 가치도 없군."

"어?"

"그럴 리도 없겠지만, 자네는 내 가치가 고작 그런 일 한둘에 영향이 갈 거라고 보나?"

"……그게."

웃으며 한 말이었지만, 일동은 방금 안형욱의 말에서 심장을 옥죄는 듯한 압박감을 느꼈다.

하물며 그 시선을 정면에서 받은 배종찬이 느낀 압박감은 오죽했는지, 그는 식은땀을 흘리며 황급히 고개를 저었다.

"그렇지는 않겠지. 응."

"응, 좋아. 어쨌거나."

하지만 방금 그 압박감도 착각이었던 것처럼 가뭇없이 사라지고, 안형욱은 마치 아무 일도 없었다는 듯 표정 변화 없이 말을 이었다.

"둘째, 배우로서 나는 그 주제가 꽤 마음에 들어."

"……어떤 점이?"

배종찬은 그 말을 받기는 했으나, 마지못해 그러는 느낌이 물씬했다.

"그가 인도네시아의 화교 문제를 정면으로 다루려는 점. 인도네시아라는 섬나라는 다양한 민족과 문화가 어우러진 국가지만, 그중 대부분의 부를 화교가 독점하다시피 하고 있거든. 따라서 화교를 향한 인도네시아인들의 반감은 자네가 상상도 못 할 정도지."

그 대목에서 마동철이 목소리를 낮춰 속삭이듯 이성진에게 물었다.

"진짜입니까?"

그걸 왜 나한테 확인하나, 싶기도 했지만 어쨌건 이성진은 복잡한 표정으로 목소리를 낮춰 대답했다.

"예."

심지어 딱히 과장도 아니다.

'어느 정도냐면······ 98년 인도네시아 폭동 때 수많은 화교들이 폭도들의 손에 목숨을 잃었을 정도니까.'

하지만 현 시점에서는 그런 일이 있을 거란 걸 알 턱이 없을 텐데.

안형욱은 마동철과 이성진을 보며 빙긋 웃어 보인 뒤 말을 이었다.

"그런데 자바족 출신 감독이 화교를 주인공으로 앞세운 가족 영화를 만든다니, 흥미가 가지 않겠어?"

"음······."

"마지막으로 세 번째가 배급 문제인데······."

안형욱은 그 말을 하며 이성진을 물끄러미 보더니 빙긋 웃었다.

"지금 그 이야기를 할 필요는 없겠지."

"어?"

"어쨌거나 아직 오디션도 보기 전이니까. 출연하지도 않은 영화의 수익분배를 이야기하는 것도 우스운 일이지. 일단 여기까지 하겠네."

그러고 안형욱은 제 할 말을 마쳤다는 듯 입을 다물었다.

'이거 참.'

배종찬은 속으로 구시렁거렸다.

저래 보여도 안형욱이 한 번 고집을 부리기 시작하면 끝을 보기 전까진 멈추지 않는다.

이렇게 된 이상 안형욱이 저 인도네시아 영화 오디션을 보는 일은 확정인 것이나 마찬가지.

'이 친구가 이렇게까지 강경하게 나왔던 게 몇 년 전이더라…….'

배종찬은 쓴웃음을 지으며 마동철을 보았다.

"그러면 다른 이야기를 해 봅시다. 들으니 영화 주연은 꽤 나이 어린 소녀로 잡고 계신 거 같은데……. 역시 윤아름 양이 맡기로 했습니까?"

윤아름이 주연이면 그래도 화제가 될 터.

'촉망받는 천재 아역이 해외 영화에 주연으로 발탁된다면…… 이래저래 기삿거리긴 하니까.'

안형욱을 거기에 끼워팔기식으로 넣는 건 별로 내키지 않지만, 장여옥도 마찬가지일 거란 점을 위안으로 삼자(배종찬은 은연 중 당연하다는 듯이 안형욱이 오디션을 보기만 하면 캐스팅 따위는 확정일 거라 생각하고 있었다).

배종찬이 이런저런 생각에 빠져 있는 사이, 마동철은 올게 왔다는 표정으로 대답했다.

"그건…… 아닙니다."

"예?"

배종찬이 눈썹을 씰룩였다.

"윤아름 주연이 아니라고요?"

하다못해 윤아름이 출연할 예정이었다면, 그나마 납득하고 넘어갈 생각이었다.

어쨌거나 윤아름은 현존하는 대한민국 아역 중 가장 주가가 높을 뿐만 아니라, 여간하면 다른 일에 관심이 없는 안형욱이 관심을 보일 정도의 인재니까.

배종찬의 눈에도 윤아름은 배우로서 상품성이 우수했고, 장래가 기대되는 인재였다.

윤아름은 '현재 대한민국에서 가장 잘나가는 아역'이라는 걸 자각하고 있으면서도 그 위치에 안주하지 않고 원숙한 성년 배우들과 눈높이를 같이 하려는 향상심도 있었다.

'그런 애들은 보통 나중에 이런저런 일로 커리어를 말아먹곤 하지만 윤아름은 그럴 거 같지 않았지.'

안형욱을 따라 이 바닥에 들어온 지도 벌써 수십 년, 나름 사람 보는 눈이 있다고 자부하는 배종찬이었다.

그런데 윤아름 주연조차 아니다?

너희들, 윤아름 밀어주는 거 아니었어?

"……그러면 주연은 인도네시아 현지에서 이미 구했습니까?"

"아뇨, 좀 명확히 해야겠군요. 윤아름은 주연의 물망에 올라 있고, 또 오디션을 볼 생각도 있습니다만 처음 이야기가 나온 건 다른 아이였습니다."

"흠, 귀사에 윤아름 말고도 준비 중인 아역 배우가 있나 보군요."

잠시 생각하던 배종찬은 전에 조사한 SJ엔터테인먼트의 명부를 머릿속에 그린 뒤, 눈살을 찌푸렸다.

"아, 혹시 한성아라고 하던……?"

뭐, 그 한성아라는 계집아이도 그럭저럭 가망은 보였지만, 윤아름에 비하면 한참 약하다.

'아침 드라마에 나온 걸 스치듯 보긴 했다만, 아직 갈 길이 멀어 보였지.'

솔직히 말하면 떠올린 게 기적일 만큼 안중에도 없었다.

그래도 상대 소속사 배우를 폄하하는 건 예의가 아니니, 배종찬은 떨떠름한 기분을 애써 감추며 에둘러 말했다.

"아무리 그래도 그 애는…… 너무 어리지 않습니까?"

"……."

마동철은 곤혹스러워하는 얼굴로 천희수와 시선을 주고받더니 한숨을 푹 내쉬며 답했다.

"아닙니다. 한성아가 아니라……. 그 애보다 더 어린애입니다."

"예?"

"먼저 말씀드리겠습니다. 그 애는 엄밀히 말해 저희 소속사와 계약을 한 것도 아니고…… 애당초 본인이 연기에 뜻이 있는지도 잘 모릅니다."

"……."

그러면, 대체 뭔데.

'이거, 이래도 되는 거야?'

배종찬은 그렇게 말하고 싶은 걸 꾹 눌러 참았다.

"그러면 어떻게 그런, 연기에 뜻도 없고 실력을 본 적도 없는 아이를 주연감으로 발탁하게 된 거죠? 애당초 이 이야기가 나오게 된 계기가 있을 거 아닙니까?"

어처구니없어하며 묻는 배종찬의 질문에 마동철은 네 차례라는 듯 천희수를 힐끗 쳐다보았고, 천희수는 헛기침을 한 뒤 입을 뗐다.

"제가 말씀드리겠습니다. 우선 그 아이의 이름은 크리스라고 합니다."

"크리스?"

뭔 이름이 그러냐.

요즘 아이돌 애들이 그러는 것처럼 영어로 된 이름을 짓는 그런 건가?

천희수가 눈치껏 배종찬의 오해를 풀었다.

"정확히는 크리스티나 밀러……라고, 혼혈 미국 교포입니다."

"아하……. 그랬군. 뭐 아무튼 좋습니다. 그래서요?"

솔직히 별로 알 바도 아니고.

천희수는 심드렁해하는 배종찬의 반응을 살피며 장여옥이 방한했을 당시의 이야기를 최대한 간결하게 설명했다.

장여옥이 방한했을 때, 크리스와 장여옥의 궁합이 꽤 좋았다는 것.

그리고 방준호는 그 모습에서 사르또노 감독이 구상 중이라던 작품에 꼭 들어맞는 모습이라고 생각해 출연을 권한 결과가 지금 상황.

과감한 생략이 이루어진 이야기가 되고 말았지만, 거기엔 천희수도 정확히 어떻게 이야기가 나온 건지 몰랐기 때문인 것도 한몫했다.

'그도 그럴 것이 이야기가 갑자기 나왔는걸.'

이번 일에 안형욱을 끌어들이는 것도, 원래는 예정에 없던 일을 이성진이 업무 명령으로 밀어 붙인 결과였다.

그래서 천희수의 설명은 그가 영업으로 단련한 포장 실력을 발휘할 겨를도 없이 객관적이고 명료한 사실만을 전하는 모양새가 되고 말았다.

'흠, 그렇단 말이지.'

한편, 업계 짬밥으로 따지면 SJ엔터테인먼트 인물들이 명함도 제대로 못 내밀 배종찬은 돌아가는 상황을 얼추 파악해냈다.

'전형적인, 기획 단계에서 무산되는 프로젝트의 흔한 모양새로군.'

장여옥이 크리스라는 꼬마를 마음에 들어 했다는 건 조금 의외였지만, 어쨌거나 장여옥은 '크리스가 한다면 하겠다'는 식의 답을 내놓았다고 했댔다.

'면피성 대답이지.'

각종 섭외가 끊이질 않는 안형욱의 매니저이자 대리인으로서, 배종찬은 장여옥의 대답이 '단박에 거절하고 싶지만 그렇다고 당사자와 불편한 상황에 놓이고 싶지는 않을 때' 내놓은 답변이라고 생각했다.

'그나저나 장여옥은 그 방준호라는 신임 감독을 높이 사는 모양이군. 그것도 의외라면 의외야.'

뭐, 안형욱도 방준호 감독은 예의주시하는 모양이긴 하지만 그러거나 말거나, 배종찬이 신경 쓸 바는 아니다.

어쨌거나 이야기가 여기까지 나온 이상, 이번 일을 무산시킬 명분을 찾을 수 있었던 배종찬이 입을 뗐다.

"그렇다는 건 크리스라는 아이가 영화에 출연하지 않겠다고 할 경우, 장여옥의 출연도 무산될 수 있겠군요."

"그건……."

천희수가 대답을 망설였다.

물론 시작은 '크리스가 출연하는 것'이 장여옥 출연의 전제조건이긴 했으나, 그런 것치고는 이야기가 꽤 진행되어서 그쪽 매니저도 정력적으로 일을 추진하려는 모양새였으므로.

다만 그런 천희수도 '어쩌다가 그런 상황이 되었는지'는 설명할 자신이 없어서 잠시 망설인 찰나, 배종찬이 그 틈을 파고들었다.

"그러면 그 영화의 가장 큰 매력 중 하나가 사라지는 셈이 되지 않습니까? 심지어 이번 이야기 자체가 방준호 감독이 자신의 작품조차 아닌 영화를, 사르또노 감독과 친분이 있다는 이유로 즉석에서 떠올려 제안한 것에 불과하고 말입니다."

"……."

정곡을 찔린 천희수가 아무 말도 못하자 배종찬이 거만한 자세로 말을 이었다.

"그러니 애당초 이 영화의 핵심이랄 장여옥의 출연이 무산된다면 저희도 구태여……."

"아니."

배종찬의 말을 안형욱이 끊었다.

"장여옥은 할 거야."

"뭐?"

"상황이 그렇거든."

"……."

왠지 모르게 장여옥에 대해 잘 아는 듯한 말투여서 배종찬은 살짝 당황했다.

'장여옥이랑 만나 본 적도 없는 양반이, 지금 무슨 소릴 하는 거야?'

안형욱은 그런 배종찬에게서 고개를 돌려 이성진에게 물었다.

"크리스라고 했죠? 어떤 아이입니까?"

사실, 방금 전까지 당황하기는 이성진도 마찬가지였다.

'어떻게 확신하는 거지?'

이성진 스스로도 이번 작품에 장여옥이 캐스팅될지 확신이 없었다.

그래서 이성진은 여차하면 그 대역으로 김승연을 앞세워 협상을 끌어갈 생각이었는데, 안형욱은 장여옥의 출연이 확정된 일이라는 듯 이야기를 진행하고 있지 않은가.

'……나로서는 나쁘지 않은 상황이기는 한데.'

어쨌거나 질문을 받은 이성진은 안형욱의 저의를 생각하며 신중히 답했다.

"원래는 바이올리니스트를 지망하는 아이입니다."

"바이올리니스트…… 흔치 않군요. 어떻게 알게 되었습니까?"

질문의 방향이 묘한걸.

이성진은 그렇게 생각하며 가능한 객관적으로 대답했다.

"미국에 지인이 있습니다만……."

이성진은 안형욱의 반응을 살피며 CBS미국 지사가 크리스를 발굴해 낸 점, 그리고 그런 크리스의 재능을 알아본 '백하윤'이 그녀를 한국에 데리고 온 것 등을 전했다.

"그렇군요."

잠자코 설명을 들은 안형욱이 고개를 끄덕였다.

동시에 왠지, 그 눈이 이채를 발한 것 같았다.

'이를테면, 흥미로운 장난감을 발견한 듯이······.'

한편 안중에도 없던 크리스가 '백하윤'의 눈에 들었다는 말에 배종찬은 당황한 얼굴이었다.

"백하윤 대표님께서 직접 발탁하셨다고요?"

"예. 그리고 지금은 백하윤 대표님의 승인하에 저희가 크리스를 보살피고 있습니다."

배종찬의 머릿속이 복잡해졌다.

'그러니까, SJ엔터는 윤아름이 아니라 크리스인지 뭔지 하는 계집애를 밀어주는 건가?'

이해득실로만 상황을 판단하려 하니 머릿속이 복잡해질 수밖에 없는 배종찬을 내버려 두고 안형욱이 입을 뗐다.

"그래서 귀사 측에선 그대신 윤아름의 출연을 고려 중이었던 겁니까?"

표현에 생략이 과감해서 그런지, 일동은 잠시 안형욱이 무슨 의도로 그런 말을 한 건지 헷갈려 했으나 이성진은 그 말뜻을 단박에 잡아채고 대답했다.

"예. 아까 말씀드렸듯 크리스는 바이올리니스트를 지망 중이며 연기자가 되고자 한 적은 없어서요."

"알겠습니다. 그러면 주연은 윤아름이 맡는 것으로 생각해 두죠."

안형욱의 명쾌한 말에 배종찬이 뜨악한 표정으로 그를 보았다.

"자네, 지금 그게 무슨 소린가?"

"뭘?"

"뭐긴, 나는 지금 저쪽에서 말도 안 되는 이야기를 듣고 나와서…….”

"자네라면 그렇게 생각할 법하군. 하지만 이야기는 앞서 논의된 대로야. 윤아름이 주연이고, 나와 장여옥이 조연으로 나온다. 여기서 달라진 게 뭐가 있지?"

"…….”

안형욱은 이제 방해하지 말라는 듯 다시 이성진을 보았다.

"그러면 오디션 날짜를 잡아 봐야겠군요."

"……아, 예."

이성진이 뒤늦게 답했다.

"일정이 잡히는 대로 연락드리겠습니다. 마침 연말 무렵 장여옥 씨가 다시 방한을 할 예정이어서, 그때 사르토노 감독님도 한자리에 모실까 하니 오디션은 아마 그쯤이 될 것 같습니다."

"흐음, 장여옥이 한국에 또 옵니까?"

"예."

"크리스라는 아이가 어지간히도 마음에 든 모양이군요. 알겠습니다."

이성진도 당황할 만큼 일사천리로 이야기를 진행한 안형욱이 배종찬을 보았다.

"그렇게 됐으니 한동안 스케줄을 비워 두는 걸로 하지."

배종찬은 마지못해 그러는 얼굴로 고개를 끄덕였다.

"……그래."

이렇게 된 이상 더는 안형욱을 말릴 수 없다는 걸, 그는 오
랜 인연으로 알고 있었던 것이다.

"그럼."

안형욱이 자리에서 일어서며 이성진을 보았다.

"미팅은 여기까지 해 두죠. 이성진 사장."

"예?"

"나랑 둘이서 차 한잔합시다."

이성진은 안형욱의 갑작스러운 제안에 당황해하면서도 내
색하지 않으려 애썼다.

"……그러시죠."

"종찬이 자네는 회사로 먼저 돌아가."

배종찬이 당황하며 물었다.

"응? 자네가?"

그는 간신히 핑계를 찾아 물었다.

"그러면 돌아올 땐 어쩌려고?"

"뭐, 그쯤이야 태워 주겠지. 이성진 사장, 안 그렇습니까?"

이성진이 쓴웃음을 지었다.

"예, 물론이죠."

나는 혼자 있을 때는 손대지 않는 찻잎을 준비해 안형욱 앞에 내놓았다.

"드시죠."

"잘 마시겠습니다."

안형욱은 내가 준비한 녹차를 후룩, 한 모금 마셨다.

"좋은 찻잎이군요. 이성진 사장이 잘 우려내기도 했지만 요."

"……감사합니다."

나는 그 말에 대답을 하며 찻잔을 들어 올려 생각할 시간 을 벌었다.

'대체 상황이 어떻게 돌아가고 있는 거지?'

미리 안배해 둔 것들 대부분이 쓸모없게 되었지만, 결과적 으로는 안형욱을 캐스팅하는 것에 성공했다.

그런 의미에서 이번 미팅은 절반의 성공이었다.

'안형욱은…… 절대 이쪽으로 끌어올 수 없을 거 같으니 까.'

그러잖아도 안형욱 정도 되는 인물이 왜 배종찬 같은 사람 을 데리고 다니는지 궁금했던 차였는데, 이제는 그 이유를 알 것 같다.

'그에게 배종찬은 적당히 유능하면서도 결정적인 순간에는

순종적인, 그런 수하인 거지.'

진짜 인물됨이야 어쨌건 안형욱은 자유로운 영혼이었고, 그는 누군가, 또는 어떤 현상이나 수단이 자신을 구속하는 것을 끔찍이도 싫어하는 듯했다.

표면상 안형욱의 소속사 대표는 배종찬이지만, 정작 대표인 배종찬은 안형욱을 거역할 수 없는 인물이다.

그곳은 사실상 안형욱이 좌지우지하는 소속사이면서, 배종찬은 안형욱이 귀찮아 할 것을 도맡아 처리하는 하수인에 지나지 않았다.

그러니 내가 이런저런 미끼를 준비한다고 하더라도 안형욱은 우리 소속사에 발을 들일 리가 없는 것이다.

'너무 쉽게 생각했어. 나는 그가 김승연을 교두보로 우리와 좋은 관계를 맺고자 하는 줄 알았는데…….'

정작 안형욱은 김승연의 존재는 안중에도 없는 듯, 단 한 차례도 그 안부 비슷한 것을 묻지도 않았다.

'아니, 지금 단둘이 있을 때야말로 물으려나?'

그렇게 생각하고 있으려니 안형욱이 먼저 입을 뗐다.

"우선, 김승연에 대한 이야기부터 할까요?"

하마터면 찻물을 뿜을 뻔했다.

'설마, 사람 속마음을 읽나?'

터무니없는 생각이기는 하지만 나는 왠지, 그 생각을 마냥 떨쳐 낼 수 없었다.

그는 기인이다. 전생을 통틀어 여러 사람을 만나 왔지만, 안형욱은 내가 만나 본 그 누구와도 달랐다.

내가 아는 기준에 그를 가둬 두고 취급했다간 그에게 잡아먹히고 말 거란 생각이 들었다.

"무슨 말씀이신지……."

그래도 나는 일단 모른 척 찻잔을 내려놓으며 말을 이었다.

"아, 혹시 드라마 관련한 이야기인가요? 덕분에 좋은 반응을 얻고 있습니다."

"……음?"

안형욱이 고개를 갸웃했다.

"저는 이성진 사장이 알고 계신 줄 알았는데, 혹시 착각이었습니까?"

"예?"

"김승연이 제 딸인 거요."

"……."

이거, 이렇게까지 시원하게 나오면 내가 다 썰렁해질 지경이다.

그 와중에도 처음 듣는 이야기라며 잡아떼 볼까 생각한 내가 한심했다.

"아뇨, 알고 있습니다."

나는 상황을 부정하지 않고 정면에서 받아치기로 했다.

"정확히는 그런 소문에 대해 알고 있는 거지만요."

그러면서 나는 약간의 거짓말을 섞어 보험을 들어놓았다.

'아무리 그래도 전예은 이야기를 할 수는 없으니까.'

안형욱은 잠시 잔잔한 미소 속에 무슨 생각을 하는지 알 수 없는 표정으로 나를 물끄러미 바라보다가.

"흠, 그런 겁니까?"

"……."

차를 한 모금 마신 뒤 찻잔을 내려놓았다.

"그렇다면 그런 걸로 치죠."

짧은 시간이었지만 내게는 한없이 길게 느껴진 시간이었다.

"이성진 사장."

"예."

안형욱이 담담한 어조로 말했다.

"혹시 부녀간 화해의 자리를 만들어 보려 하신 거라면, 쓸데없는 일이라고 미리 말씀드리겠습니다."

"……."

"아, 오해는 하지 마십시오. 고작 그런 일로 화가 난 것은 아니니……. 그냥, 의미 없는 일이라는 말씀을 드리고자 한 것뿐입니다."

나는 그 말을 어떻게 받아들이면 좋을지 몰라 망설인 끝에 간신히 입을 뗐다.

"의미 없는 일, 말씀입니까?"

내 질문은 동시에 안형욱이 한 말을 시인하는 것이기도 했지만, 이미 다 알고 있다는 듯 말하는 그를 상대로 잡아떼는 건 무의미해 보였다.

안형욱이 고개를 끄덕였다.

"예. 저는 그 아이에게 사랑을 원치 않고, 그 아이도 제게서 사랑을 바라지 않으니까요."

그건 안형욱의 신사적이고 자상한 어조와 달리, 몹시 냉정하게 들리는 말이었다.

나는 그럴 거라면 왜 김승연이라는 사생아의 존재를 허용했는지를 묻고 싶은 걸 꾹 눌러 참았다.

'오지랖이지, 그건.'

안형욱은 그런 나를 물끄러미 바라보다가 다시 입을 뗐다.

"또, 지금 김승연이라면 굳이 제 지원이 없더라도 잘 해 나갈 것 같고요. SJ엔터테인먼트는 좋은 회사이지 않습니까?"

그가 한 'SJ엔터테인먼트는 좋은 회사'라는 말에서 나는 '(김승연의)이전 소속사와 달리'라는 말이 생략되어 있는 느낌을 받았다.

'설마, 그는 처음부터 내가 김승연을 우리 쪽에 끌어들일 줄 알고서 자리를 마련한 건가?'

당시에는 설마 하고 말았지만, 지금은 그 생각이 확신으로 굳어갔다.

"혹시, 의도하신 겁니까?"

"뭐를 말입니까?"

"……김승연 씨가 저희 소속사로 오게끔 한 것이……."

내 말에 안형욱은 동요하는 일 없이 빙긋 미소를 지었다.

"이성진 사장에게도 나쁜 이야기는 아니지 않습니까?"

역시, 이렇게 흘러가도록 의도했던 거였나.

안형욱이 말을 이었다.

"물론 어디까지나 이성진 사장이라면 그러지 않을까, 생각했을 뿐입니다."

마치 나를 잘 안다는 말투로군.

'피차 초면이면서.'

안형욱이 차를 한 모금 마시고 찻잔을 내려놓았다.

"제겐 종종 단락을 생략하곤 하는 나쁜 습관이 있죠. 그래서 이번에도 오해가 없도록 말씀드리자면…… 설사 그런 일이 없더라도 저는 신경 쓰지 않았을 겁니다. 아니 오히려 그런 일이 있어서 이번 일에 저를 잊지 않고 불러 주신 것에 감사할 따름이지요."

나는 안형욱의 그 말에서 내가 안형욱에게서 줄곧 느끼던 위화감의 정체를 어렴풋이 깨달았다.

지금 나는 안형욱을 보며 그가 사람의 껍데기를 뒤집어썼을 뿐인 이질적인 무언가라는 생각을 떠올리고 있었다.

괴(怪)라고 하는 한자는 무덤 속에서 손이 나오는 형상을 본 심정을 풀이한 글자라고 한다.

거기에는 아마 있어서는 안 될 어느 현상이나 사물에 대한 본능적인 거부감, 그것에 기인한 생리적 혐오를 동반한 감정이 싹틀 것이며 사람들은 이런 이해하기 힘든 께름칙한 것을 일컬어 괴이, 괴물 등의 이름을 붙였으리라.

방금 전 안형욱은 자신의 혈육, 그리고 혈육임을 자각하고 있는 김승연의 안위보다도 그로 인해 자신에게 이번 제안이 들어온 것에 더 마음을 쏟고 있었다.

그건 괴(怪)했다.

나는 김승연이 안형욱을 혐오하는 이유를 조금이나마 알 것 같았다.

'존재가 불쾌해.'

내가 이럴 정도면 당사자인 김승연은 오죽했을까.

그래서 나는 참지 못하고 물었다.

"선생님께선 김승연 씨를 사랑하지 않습니까?"

나도 말하고서는 그게 초면의 상대에게, 그것도 업무상 요건으로 얽혔을 뿐인 거래 상대에게 할 말이 아님을 깨달았지만 안형욱은 화나거나 놀라는 기색 없이 담담히 내 말을 받았다.

"물론 사랑하고 있죠. 그러니 낳은 것입니다. 다만 그에 못지않게 지금의 제 아내와 자식들을 사랑하고 있을 뿐이죠."

말 자체도 어딘지 불쾌했지만, 나는 그 말에서 무언가, 불쾌감과는 어딘지 다른 이질적인 느낌을 받았다.

그에겐 '말의 단락을 생략하는 나쁜 습관'이 있긴 하지만, 그렇다고 무의미한 말은 하지 않는 것으로 보였다.

내가 그 이질감의 원인을 분석하는 사이 안형욱이 말을 이었다.

"그럼 이성진 사장의 생각대로 제가 김승연과 관계를 회복…… 아니, 아직 좋았던 적이 없으니 회복이라는 표현을 쓰면 안 되겠군요. 응, 개선이라고 합시다. 아무튼 저는 단지 그 개선을 통한다 할지라도 그걸 무의미하다고 볼 뿐입니다."

"무의미……하다고요?"

순간, 찰나였지만 흠, 하고 한숨을 내쉬는 안형욱의 표정에 짜증과 지루함 같은 것이 묻어나는 듯했다.

"줄곧 생각해 오던 겁니다만, 이성진 사장은 잔정이 많군요."

"……."

나를 언제 봤다고.

안형욱이 말했다.

"좋습니다. 넘쳐나는 것이 시간이니 말씀드리죠."

아니 스케줄을 알아서 조율 가능한 댁이랑 달리 나는 꽤 바쁜 몸인데?

반박할 새도 없이 안형욱이 말을 이었다.

"우선, 이성진 사장은 제가 김승연과 관계를 공개적으로 인정하길 바라십니까?"

"……아뇨."

"그럴 거라고 생각했습니다."

안형욱이 사생아로서 김승연을 인정하고, 이를 공식 발표한다?

그건 최소한 안형욱 본인에게는 좋지 않은 이야기다.

안형욱은 지금껏 쌓아 올린 대중적 인식—'대중에게 알려진' 자신의 깨끗한 사생활과 커리어 등 일체—을 잃게 될지 모르니까.

그렇다면 김승연에게는 좋은 이야기일까?

뭇 사람들의 관심을 끌 수 있으니 일시적으로는 그럴지 모르나, 대중들은 결국 김승연의 행적에 대해서도 색안경을 끼고서 엄격한 잣대를 들이댈 것이다.

무엇을 하건 (그 일로 이미 미운털이 박힌)안형욱과 비교당할 것이고, 앞으로 갈 길이 먼 그녀의 장래 커리어는 불세출의 천재라 불리던 안형욱과 영원히 비교선상에 놓이게 될 터.

그리고 이미 톱스타 반열에 오른 김승연의 커리어에 '안형욱의 사생아'라는 노이즈 마케팅이 필요하지도 않으니, 안형욱의 표현을 빌리자면 그건 그것대로 '무의미한 일'에 불과했다.

'어디까지나 가정에 불과하지만…… 그럴 가능성 자체를 부정할 수는 없지.'

그래도 사람 대 사람의 일이라는 것이 그렇게 매사 이해득실을 따져 가며 적용할 수는 없지 않겠는가, 하는 생각으로 반박하려는 걸 안형욱이 말로 막아 세웠다.

"다음. 김승연과 제 관계를 대중이 모르도록 한 채로 관계를 개선했다고 칩시다. 그러면 뭐가 달라집니까?"

"그야……."

왜 그런 걸 물어보는 거지?

부녀관계의 회복, 아니 개선이 왜 중요하지 않겠는가.

안형욱이 말했다.

"앞서 말씀드렸듯 저는 이미 김승연을 딸로서 사랑하고 있습니다. 그거면 이미 충분하지 않습니까?"

"……."

나는 순간적으로 얼척이 없어 할 말을 잃었다가, 내가 생각해도 당황한 어조로 물었다.

"그러면 김승연 씨는요? 그 일에 관한 김승연 씨 본인의 생각과 감정은 중요하지 않습니까?"

"예."

안형욱은 내가 그런 걸 물을 줄 알았다는 듯 지체 없이 답했다.

"또, 어차피 이대로 가면 굳이 제가 없더라도 김승연은 배우로서 그럭저럭 성공한 삶을 살 거니까요. 거기에 김승연이 저를 어떻게 생각하는지는 중요하지 않습니다."

"……."

알 것 같다.

안형욱은 세상이 자신을 중심으로 돌아간다고 생각하는 인간이었다.

심지어는 그걸 진심으로 믿고 받아들이며 이를 체화해 살아가는 인간이었다.

그건 단순한 나르시시즘의 이야기 수준이 아니었다.

안형욱이 김승연을 딸로서 사랑하는 건, 그 기준에 진심일지 모른다.

하지만 거기에 김승연의 생각과 감정은 안중에도 없었다.

안형욱의 사생아로서 그걸 인정받지도, (김승연 본인은)받아 본 적도 없는 사랑의 부재 속에 김승연은 어떤 생각으로 지금껏 자신의 인생을 살아왔겠는가.

'남에게 말 못 할 상처가 가득했겠지. 그녀가 전생에 보여 준 막나가던 모습도 그런 상처에서 기인했을지도 모르고…….'

또한, 그런 안형욱 본인부터가 김승연을 향한 자신의 일방적인 사랑이 보답 받을 수 없는 것에 개의치 않는 인물이었다.

'문제는 그 기준을 남에게도 적용한다는 점이야.'

나는 고개를 끄덕였다.

"알겠습니다. 그러면 그런 것으로 하죠."

"예, 사장님이라면 이해해 주실 줄 알았습니다."

이해는 무슨. 그 반대다.

'나 참, 하늘은 어째서 저런 인간에게 천재적인 재능을 주

었는지.'

뭐, 내가 할 말은 아니다만.

어쨌건 나는 거기서 안형욱에 대한 사람 대 사람의 감정을 끊어 버리기로 했다.

게다가 저런 인간과 관계 회복, 아니 개선을 하더라도 김승연에게 좋을 것이 없어 보였으니까.

"그러면 김승연 씨 일은 차치하고……."

나는 내 말투가 지나치게 딱딱해진 것은 아닌가, 잠시 생각했지만 개의치 않기로 했다.

어차피 본인부터가 별로 신경 쓰지도 않을 거고, 그가 먼저 김승연 이야기를 꺼낸 것도 본론에 앞서 귀찮은 일을 치워 버리잔 생각밖에 없었을 것이다.

"……선생님께서 저와 만나고자 하신 저의를 듣고 싶습니다만."

"드디어 본론이군요."

안형욱은 이 상황을 반기듯 곧장 말했다.

"이성진 사장, 제가 크리스라는 아이를 만나 볼 수 있겠습니까?"

"……예?"

크리스를 왜?

'아니 그야 그 이력을 들으면 호기심이 일 만은 하겠지만.'

자신의 딸조차 젖혀 두고 한다는 말이라는 게 크리스를 만

나보고 싶다는 부탁인 것이 나는 썩 이상했다.

'아니 이해를 하려 하지 말자.'

나는 신중한 태도로 물었다.

"크리스는 어쩐 일로 그러시는지요?"

안형욱은 당연한 걸 묻는다는 듯 고개를 갸웃했다.

"그야, 만나 본 적이 없으니까요."

아니, 그야 그렇기는 한데.

안형욱이 말을 이었다.

"백하윤 선생이 직접 미국으로 건너가 데려올 정도의 바이올린 신동인 데다가, 장여옥도 마음에 들어 했다고 말하지 않았습니까? 심지어 아직 연기에 뜻이 없는 아이임에도 방준호 감독이 캐스팅을 제안했을 정도라면서요. 흥미가 갑니다."

"……."

크리스 녀석, 들으니 새삼 대단하긴 하네.

다만 그렇다고 해서 안형욱이 크리스에게 흥미를 보인다는 것이 무척 이상하게 느껴졌다.

'더욱이 여간해서는 다른 사람을 만나지 않기로 유명한 안형욱이 말이야.'

다른 때 같으면, 아마 방금 김승연에 관한 이야기를 통해 안형욱의 사고방식을 알지 못했다면 나도 고개를 끄덕였을 것이다.

하지만 지금은 이 일에 신중하게 움직일 필요가 있을 것 같다.

안형욱이 다른 사람과 관계를 맺지 않는 건, 그가 자신 밖에 모르는 사람이기 때문이다. 그런 사람이 타인에게 관심을 보이는 건 달리 이유가 있으리라.

"그건……."

나는 적당한 핑계를 대가며 거절할까 생각하려다가 생각을 고쳐먹었다.

그가 초면에 불과한 내게 이런 부탁을 한 건, 그냥 어디까지나 이 순간 내가 가장 가까이 있는 책임자였기 때문이었다.

내가 거절한다면 그는 백하윤을 찾아가 크리스와 만나려 할 것이다.

'백하윤은 안형욱을 잘 아는 눈치였지. 심지어 그를 그렇게 나쁘게 생각하지 않는 듯했고…….'

백하윤의 사람 보는 기준은 나와 다른 모양이지만, 어쨌거나 그와 크리스를 만나지 못하게 막는 것엔 한계가 있었다.

'결국 만나기는 하겠군. 차라리 그럴 바엔 시간을 끌어 두고 크리스와 미리 말을 맞춰 두는 게 낫겠어.'

재빨리 생각을 정리한 나는 곧장 말을 이었다.

"당장은 힘들 거 같습니다. 요즘 전학 수속이며 이사 준비 등 이것저것 바쁜 일이 많아서요."

"그렇습니까?"

"예. 그래도 조만간, 최대한 빠른 시일 내에 시간과 장소를 잡아 보겠습니다."

안형욱은 잠시 생각하더니 고개를 끄덕였다.

"그러면 그렇게 하시죠. 어차피 시간은 남아도니까 말입니다."

……그러니까, 그건 댁이나 그렇대도.

4장

안형욱을 내보낸 뒤 나는 전예은을 호출했다.

"사장님, 부르셨어요?"

"예, 왜 호출했는지는 아시리라 봅니다만……."

전예은은 찻잔을 치우며 쓴웃음을 지었다.

"네. 안형욱 씨를 관찰한 제 감상이 궁금하신 거죠?"

그렇게 말하는 전예은은 다행히 아까 전 안형욱을 마중하러 갔을 때 보인 동요를 회복한 듯 보였다.

"어떤 사람이었습니까?"

내 단도직입적인 질문에 전예은은 곰곰이 생각하다가 고개를 저었다.

"잘…… 모르겠어요."

전예은이 말을 이었다.

"그러잖아도 사장님께 줄곧 어떤 식으로 말씀을 드려야 할지 고민했는데도 표현할 방법이 마뜩잖네요."

"……혹시 '안 보이는 부류'였습니까?"

전예은이 고개를 저었다.

"그렇지는 않았어요."

안형욱은 '보이는 부류'였다.

'즉, 살인을 한 적은 없는 인간이란 의미인가?'

그건 그것대로 조금, 생각할 여지가 있는 내용이지만.

전예은이 내 눈치를 살피며 말했다.

"하지만 어떤 의미에서는 제가 '읽을 수 없는' 사람이었던 건 맞아요."

그게 무슨 의미인지 궁금했지만, 전예은은 곧 답을 내놓았다.

"저는 안형욱 씨를 보며 심해를 들여다보는 기분이 이렇지 않을까, 하는 느낌을 받았습니다."

"심해 말입니까?"

"저도 그게 적합한 표현인지는 잘 모르겠지만요."

그러며 전예은은 자신이 안형욱을 보자마자 느낀 감상이 심해처럼 어둡고, 끝이 보이지 않는 느낌이었다고 했다.

"그러니까 어딘지 그 근원을 알 수 없는 깊이가 느껴져서……."

전예은이 '보는 것'은 철저히 그녀의 주관에 근거하는 것이
어서, 그녀가 와닿지 않는 비유를 쓰더라도 나는 그걸 있는
그대로 받아들일 수밖에 없었다.

　"죄송합니다, 표현이 난잡해서."

　"아닙니다. 신경 쓰지 마세요."

　어쨌거나 안형욱이 일반적인 기준으로 잣대를 들이댈 만
한 인간이 아니라는 건 나도 알았다.

　"저도 안형욱 씨가 어딘지 다른 사람과 다르다는 건 느꼈
거든요."

　"네. 나쁜 사람은 아닌 거 같은데……."

　나쁜 사람은 아니다?

　'그 감상은 나랑 좀 다르군.'

　그녀가 생각하는 좋은 사람과 나쁜 사람의 기준은 잘 모르
겠지만, 어쨌건 내가 대화를 나눠 본 안형욱은 최소한 '좋은
사람'이라고 볼 여지는 부족했다.

　"그런데 아까 안형욱 씨가 예은 씨에게 뭐라고 했나요?"

　"네? 무슨 말씀인가요?"

　"그, 있잖습니까, 엘리베이터 앞에서. 그때 안형욱 씨는
'나중에 사인해 준다'는 식으로 말했습니다만 그런 내용은 아
니었죠?"

　"아."

　전예은은 그제야 기억이 났다는 듯 고개를 끄덕였다.

"네, 그런 내용은 아니었어요."

그야 그렇겠지.

"그러면요?"

"음……. 그분이 하신 말씀을 그대로 옮기자면 '적이 아니니까 안심하세요.' 였습니다."

적이 아니니까 안심해라?

초면의 '긴장한' 사장 비서를 상대로 할 말치고는 이상한 말이었다.

'긴장을 풀어 주기 위한 농담으로 치부하기에도 좀……. 이상하고.'

찻잔을 챙긴 전예은이 설거지를 위해 탕비실로 향하기 전 내게 물었다.

"저, 사장님. 그러면 하시려고 했던 승연 언니와 안형욱 씨의 화해는 잘 풀릴 것 같으세요?"

전예은은 내가 둘 사이를 '회복' 시키려는 의도는 모른 채, 그 직전의 수단과 선의만을 믿고 그렇게 물었다.

"글쎄요."

나는 소극적으로 답했다.

"제 생각이지만 안형욱 씨나 김승연 씨가 그걸 바라고 있는지도 잘 모르겠습니다."

전예은이 고개를 갸웃했다.

"네? 그렇지는 않을 거예요."

나는 그건 또 무슨 소린가, 싶어 전예은의 말을 기다렸다.

"안형욱 씨의 생각 모두를 읽기는 힘들지만, 그래도 아버지로서 승연 씨를 생각하는 마음만큼은 뚜렷이 읽을 수 있었거든요."

나는 전예은의 말에서 안형욱이 내게 했던 말을 떠올렸다.

「앞서 말씀드렸듯 저는 이미 김승연을 딸로서 사랑하고 있습니다. 그거면 이미 충분하지 않습니까?」

그 말 자체는 진심이고, 그 수단과 방법이 남들과 다를 뿐은 아닐까.

"……그렇습니까?"

"네. 그야, 승연 언니의 생각은 안형욱 씨와 조금…… 다를 거라고 생각하지만 그래도 부녀 사이잖아요? 계기만 있으면 시간이 해결해 줄 거라고 생각해요."

"……."

그건 '고아'인 전예은의 희망 사항이 투영된 것에 불과한 거라고 생각했지만 나는 아무 말도 하지 않았다.

"그래도 미팅이 잘 진행되어서 다행이에요. 사장님도 안형욱 씨가 캐스팅에 응해 주실 줄은 모르셨잖아요?"

"……그렇긴 했죠."

안형욱의 꿍꿍이야 어찌 되었건, 그가 '작품'에 임하는 태도와 자세는 진심일 것이다.

"그러면 방준호 감독님께도 이 소식을 알려야겠네요. 조만간 약속을 잡아 볼까요?"

"아, 네. 하지만 그 전에 잠시 제 일정을 조율해 보겠습니다."

내 스케줄을 꿰고 있는 전예은은 고개를 갸웃했다.

"한동안은 사장님 일정을 비워 둬도 괜찮은데요?"

"제 일정은 회사 일 말고도 여럿 있거든요."

"아……. 네, 알겠습니다. 그러면 일정을 마무리하신 뒤에 말씀 주세요."

전예은은 내게 고개를 꾸벅 숙이곤 탕비실로 향해 쏴아, 물줄기를 틀었다. 나는 전예은이 설거지를 하며 흥얼거리는 콧노래를 들으며 생각했다.

'아무래도 크리스 녀석과 상의를 해 봐야겠군.'

"오셨습니까, 이사님."

본사에서 이철희와 미팅을 마치고 돌아온 구봉팔은 부하의 인사를 고갯짓으로 받으며 사무실에 들어섰다.

이제는 부하들도 '오셨습니까' 다음에 '형님'이 아닌, '이사님'이라는 호칭이 입에 붙은 걸 보니 이래저래 업무에 적응을 한 모양이었다.

구봉팔은 자신의 개인 사무실로 들어가기 전, 자신의 비서 겸 오른팔인 권지호를 불렀다.

"지호야, 너 건후랑 내 방으로 좀 와라."

"건후 형님은 안 계시지 말입니다."

"응?"

그러고 보니 사무실에 장건후가 보이질 않았다.

"어디 갔냐?"

또 땡땡이 중인 건 아니겠지, 싶어 물으니 권지호가 대답했다.

"건후 형님은 어제 휴가를 썼습니다."

"휴가?"

"예. 이사님께서도 승인하시지 않았습니까?"

생각해 보니 그랬던 것도 같다.

"그랬군. 요즘 워낙 정신이 없어서……. 휴가 중에 불러서 미안하지만 혹시 연락되면 좀 불러 봐라."

"아마 못 올 겁니다."

"왜?"

"건후 형님은 인도네시아에 간다고 했습니다. 아마 지금쯤 이면 거기 있을 거고요."

"……인도네시아?"

장건후 그 녀석, 거기는 또 왜?

뭐, 그야 인도네시아라고 하면 휴양지로 유명한 곳이니 휴가를 써서 못 갈 곳은 아니지만.

"그럴 만한 돈이 있었나?"

자신이 알기로 장건후는 개털일 텐데.

"잘 모르겠습니다."

"흠……."

개똥도 약에 쓰려면 없다더니, 아무튼 그렇다고 하니 별수 없지.

"그러면 너라도 들어와라."

"예, 이사님."

구봉팔을 따라 들어간 권지호가 사무실 문을 닫고 그 앞에 마주 앉았다.

구봉팔은 권지호에게 담배를 권한 뒤, 담배를 한 대 태우며 권지호에게 말을 건넸다.

"요즘 좀 어떠냐?"

"……문제없습니다."

권지호는 사무적이지만 정중하게 대답한 뒤 물었다.

"혹시 오늘 회담 결과가 별로 안 좋으셨습니까?"

"아니……."

구봉팔이 담담히 부정하며 재떨이에 담배를 툭 털었다.

"나쁘지 않아. 그쪽은 오히려 괜찮을 지경이지. 그보다……."

구봉팔이 그에게 물었다.

"요즘 광금후는 좀 어떠냐?"

"쥐 죽은 듯 지내고 있습니다."

권지호가 대답했다.

"들으니 오늘 신진물산에 출근도 하지 않은 모양이더군요."

"흠."

"왜 그러십니까?"

"아니."

구봉팔이 고개를 저었다.

"아무튼 지호 너, 부산 좀 다녀와라."

"부산…… 말씀입니까?"

"음. 한번 내려가 봐야 할 거 같아서."

구봉팔이 담배를 한 모금 태운 뒤 말을 이었다.

"이왕이면 내가 가는 게 좋지만 요새는 도통 자리를 비울 수가 없군."

"예."

"원래라면 장건후랑 둘이서 다녀오라고 할 생각이었는데, 장건후가 없다니 별수 없지. 그렇게 됐으니까 네가 적당히 괜찮은 애 하나 뽑아서 걔랑 부산에 좀 다녀와라."

"그러겠습니다. 가서 뭘 하다 올까요?"

권지호는 가타부타 묻는 일 없이, 섶을 지고 불구덩이로 뛰어들라고 해도 의심하지 않고 뛰어들 기세였다.

"어렵거나 위험한 일은 시킬 생각 없어. 아니 오히려 가능하면 몸을 사리도록 해. 가거든 적당히 동태만 파악하다가 올라와."

"동태 말입니까?"

구봉팔은 권지호에게 최소한의 상황 설명은 해야겠다고 생각해, 그를 부산에 보내는 이유를 설명했다.

"음, 오늘 이철희랑 회의 중에 전화를 한 통 받았는데……양필두가 이철희 쪽 사람을 통해서 나를 찾더군."

"양필두라면 파라솔파 두목인 그 양필두 말입니까?"

"그래. 그놈. 그런데 어째, 그게 마음에 걸려."

권지호는 그래서 구봉팔이 아까 광금후의 동향을 물은 것이라 생각하며 고개를 끄덕였다.

"그러면 거기서 부산 조폭 연합이 뭘 하고 있는지 알아보면 되겠습니까?"

"그래. 하지만 거기서 무슨 일이 터져도 끼어들 생각은 하지 말고, 상황 돌아가는 거나 살펴봐. 지금 그쪽이랑 엮이면 꽤 곤란해지니까."

"알겠습니다, 이사님."

그라면 잘해 줄 것이다.

'다만 지호 이 녀석은 다 좋지만 융통성이 부족해서 장건후를 붙여 두려 했는데…… 하필이면 한국에 없다니.'

뭐, 장건후의 휴가를 승인한 게 본인이니 이제 와서 뭘 어떻게 할 수는 없지만.

'흥, 어쨌건 팔자 한번 좋군.'

기념품은 사 오려나?

그 시각, 장건후는 인도네시아 수도 자카르타에 있었다.

한국은 이미 가을이 선연한 날씨인데, 자카르타는 지금도 한국의 여름보다 더 덥고 습했다.

'찜통이군, 이거. 사우나를 찾을 필요가 없겠어.'

그래도 덕분에 팔자에도 없던 1등석을 타고 여기로 온 데다가, 지난밤은 인연에도 없을 좋은 호텔 객실에서 묵기까지 했다.

그러니 지금은 모처럼 '휴가'를 즐기기로 하자.

'뭐, 나쁜 일이야 시키겠어?'

장건후는 손수건으로 땀을 닦으며 주위를 두리번거렸다.

'그나저나 여기서 사람을 만나기로 했는데…….'

그런 장건후에게 어느 동양인 남자가 다가왔다.

장발을 꽁지로 묶은 사내는 선글라스를 끼고 있었다.

'흠, 싸움 좀 하게 생겼는데?'

장건후가 자신에게 다가온 남자를 조금 경계하며 바라보고 있으려니, 그가 말을 건넸다.

"Are you Mr. Jang?"

그가 영어로 건넨 말에 장건후는 어리둥절한 얼굴로 그를 보았다.

"뭐라고? 한국말로 해, 한국말로. 한국말 몰라? 코리안?"

"……흠."

그는 선글라스 너머로 한 차례 눈살을 찌푸린 뒤, 다시 입을 뗐다.

"한국에서 온, 장건후?"

떠듬거리는 어색한 한국어였지만, 방금 전 영어보다는 알아듣기 쉬웠다.

"오, 예스. 아이 엠 장건후. 유는 어, 그러니까……."

"웨이치."

사내가 대답했다.

"아, 그래. 그런 이름이었지. 반갑수다. 웨이치. 장건후요."

웨이치는 장건후가 내민 손을 물끄러미 보더니 악수도 받지 않고 몸을 돌렸다.

"I see. Follow me."

"뭐? 아이 씨팔놈이? 다짜고짜 욕이냐, 이 씨팔놈아?"

웨이치가 등을 보인 채 한숨을 내쉬었다.

"너, 나 따라와."

"……."

음, 생각해 보니까 욕이 아니라 영어였던 거 같다.

'근데 언제 봤다고 반말이야, 반말은.'

되놈 새끼, 싸가지하고는.

빈손을 어색하게 내린 장건후는 속으로 구시렁거리며 웨이치의 뒤를 따랐다.

장건후를 안내하며 웨이치는 속으로 코웃음을 쳤다.

크리스가 보낸 '심부름꾼'은 그 똑똑한 아이가 보낸 사람이라고는 믿기지 않을 만큼 멍청해 보였다.

'그가 한국어로 뭐라고 하는지는 모르지만 일말의 지성조차 느껴지질 않아.'

하긴, 영리한 사람의 지인이 영리할 필요는 없을 뿐더러 어디까지나 '심부름'만 할 뿐이라면 지성이 필요하지는 않다.

그래서 웨이치는 속으로 차라리 잘됐단 생각마저 들었다.

'최소한 여기서 벌이는 일이 밖으로 새어 나갈 걱정은 없겠군.'

얼마 전 크리스는 웨이치에게 연락하여 마침 인도네시아에 사업을 하려는 '아는 사람'을 소개해 주겠다는 말을 전했다.

그러잖아도 삼합회의 인도네시아 전초기지 건설이 절실했던 웨이치로서는 때마침 나타난 크리스가 가려운 부분을 대신 긁어 준 기분이었다.

홍콩으로 귀국 후, 예상대로 웨이치가 속한 조직의 분파에서는 한국에서 가져온 소식을 반겼다.

최근 그가 속한 홍콩 쪽 조직도 내년(1997) 중국으로 주권

이양을 앞두고 돌아가는 상황이 심상치 않았다.

여러 말이 떠돌았다.

누군가는 홍콩이 여전히 영국 영토로 남을 것이라고도 했고, 누군가는 최근 기지개를 켜고 있는 중국이 홍콩을 집어삼킬 거라고도 했다.

그런 와중 한 치 앞을 볼 수 없는 홍콩인들의 불안감은 세기말과 겹쳐 기묘한 분위기를 자아냈다.

그런 분위기는 웨이치가 속한 삼합회 분파에서도 다르지 않았다. 애당초 공산당 정권을 피해 뿔뿔이 흩어진 범죄 조직을 규합한 것이 삼합회의 시초였다.

만약 이대로 홍콩이 중국에 넘어간다면 그들에게 좋은 일은 일어나지 않을 것이다. 그들이 지난 세월 쌓아 올린 인맥, 정치적 입지는 손바닥 뒤집히듯 바뀔 것이며, 따라서 삼합회는 여러 장소에 '보험'을 들어야 한다고 생각했다.

그때 웨이치가 가져온 소식은 삼합회 입장에도 좋은 구실이었다. 마카오는 이미 포화 상태, 화교가 대부분의 부를 차지하는 인도네시아는 괜찮은 선택이었다.

이는 표면상 '합법적'인 일로 진출하는 일이니 인도네시아 화교계의 다른 삼합회 분파 눈치를 볼 필요도 없을 뿐만 아니라, 어쩌면 인도네시아 삼합회에서도 반길지 모를 일이기도 했다.

인도네시아 진출의 교두보로 그 소녀의 선의를 이용하는

건 조금 마음에 걸렸지만, 찬밥 더운밥을 가릴 때가 아닌 웨이치는 그런 사실을 애써 외면했다.

두 사람은 자카르타 북부 글로독에 자리 잡은 차이나타운으로 향했다. 거기서 웨이치는 각종 한방약재를 파는 시장을 지나 어느 중국 식당에 들어섰다. 민소매 차림의 대머리 남자는 웨이치를 보곤 읽던 신문을 덮었다.

"Selamat datang. Berapa orang?"

웨이치는 사내의 인도네시아어에 중국어로 답했다.

"홍콩에서 온 웨이치요. 여기서 사람을 만나기로 했는데?"

그러자 남자의 눈빛이 변하더니 가게에 있는 전화기를 들고 중국어로 떠들었다.

"홍콩에서 온 남자가 거기 갈 거야. 시간을 딱 맞춰 왔더군."

남자는 전화를 끊은 뒤 웨이치를 보았다.

"저 안쪽으로 가 보시오."

웨이치는 짧게 고개를 끄덕인 뒤 장건후를 돌아보았다.

"Come."

장건후는 이 남자가 대체 자신을 어디로 안내하는 건지 도통 영문을 알 수 없었지만, 어쨌건 그가 현지 가이드는 아닐 거란 생각을 했다.

'쓥, 이성진 그 꼬맹이. 간단한 일이라더니 뭔가 돌아가는 상황이 요상한데?'

그에게 익숙한 비합법의 냄새가 났지만, 여기는 한국조차 아니다. 장건후는 경계를 늦추지 않으며 웨이치의 뒤를 따라 붙었다.

"보소, 형씨. 지금 어디로 가는 거요?"

웨이치는 장건후를 힐끗 뒤돌아보곤 그가 하는 한국말은 알아듣지 못한다는 듯 어깨를 으쓱였다.

"아니, 당신 진짜로 내가 만나기로 한 사람 맞아? 헤이, 이봐."

장건후가 하는 말을 알아듣지는 못해도, 그가 이 상황을 반기지 않는다는 것쯤은 뉘앙스로 알아들은 웨이치가 고개를 돌려 장건후에게 말했다.

"아는 사람, 가이드. 통역."

"……아하, 현지 가이드를 구하러 왔다 이 말이구먼?"

뉘앙스로 알아들은 웨이치가 고개를 끄덕였다.

하긴, 그렇다면야.

세계 각지에 뻗어 간 중국인들이 저들끼리 어떤 네트워크를 형성해 놓고 있다는 것 정도는 장건후도 알고 있었기에, 장건후는 조금 마음을 놓았다.

'흠, 생긴 건 저래도 어쨌거나 범죄와 무관한 일반인인 건가? 조금 조심해야겠군.'

장건후가 이 장소를 낯설어 할 것쯤은 알고 있었지만 그럼에도 웨이치가 장건후를 여기 데려온 건, 상대 조직에 나름의 '성의'를 보일 필요가 있어서였다.

이번 일은 인도네시아 자카르타 삼합회에서도 조금쯤 예의주시 하고 있을 것이고, 미리 얼굴을 비쳐 두지 않으면 그들은 '갑자기 나타난' 한국인 장건후를 경계할 것이니까.

그렇게 대머리 남자가 알려 준 장소로 가자마자 덜컥, 철문이 열렸다.

"홍콩에서 온 웨이치?"

웨이치가 고개를 끄덕이자 문신을 한 남자가 장건후를 보았다.

"이 사람은 누구지?"

"말했던 사업가."

"사업가가 온다는 말은 듣지 못했어."

"그러면 여기서 기다릴 테니 보스에게 물어보고 오든가."

문신 남자는 떨떠름한 얼굴을 하곤 비켜섰다.

"들어와."

장건후와 웨이치는 문신 남자를 따라 마작 놀음 중인 사람들을 지나 안쪽으로 들어갔다.

문신 남자가 안쪽에 자리한 방의 문을 두드렸다.

"홍콩에서 사람이 왔습니다."

잠시 후 문이 열리고, 후줄근한 바깥과 달리 화려하게 치장된 방이 모습을 드러냈다.

'그 지인이란 사람, 꽤나 꾸미고 사는구먼.'

심지어 에어컨도 빵빵하게 틀어 둬서, 장건후는 이제 좀 살겠다, 하고 생각했다.

"안녕하십니까, 성 대인. 홍콩에서 온 웨이치입니다."

웨이치가 가운데 앉은 깡마른 인상의 장년 사내를 향해 인사하자 장건후도 눈치껏 꾸벅 고개를 숙였다.

"음, 앉으시오."

성 대인은 자카르타 화교 사회 그늘진 곳을 주름잡고 있는 거물이었다.

'시작부터 거물이 납셨군.'

웨이치는 속으로 생각하며 자리에 앉았고, 장건후가 뒤따라 앉자 그는 마치 황제처럼 그 자리에 앉은 채로 말을 건넸다.

"백 대인은 안녕하신가?"

"예, 덕분에."

그는 아무렇지도 않게 웨이치보다 까마득히 높은 보스의 이름을 입에 담았다.

"아무튼 자카르타에 잘 왔소."

성 대인이 손짓하자 아리따운 비서가 두 사람 앞에 커피를 내놓았다.

"드시오. 인도네시아는 커피가 유명하거든."

마치 여기 올 걸 알고서 준비하고 있었단 듯한 접대.

'밖에선 사람이 몇이나 오는 줄도 모르고 있었는데……'

독? 아니 여기서는 받아들여야 하나.

'생각해 보면 저들이 이번 제의를 넙죽 받아들인 것부터 가…….'

웨이치가 짧게 망설이는 사이, 마침 목이 말랐던 장건후가 히죽 웃으며 커피를 받았다.

"땡큐."

장건후가 커피를 마셨다.

"오, 맛있네. 잘은 모르지만."

독은 없나 보군.

그런 장건후를 향해 성 대인이 웃은 뒤 영어로 물었다.

"Korean?"

"코리아? 예스. 아이 엠 코리아."

"흠."

성 대인이 빙그레 미소 지었다.

한편 웨이치는 당황했다.

'그가 한국인인 걸 어떻게 알았지?'

그 사실은 나중에 밝힐 예정이었는데.

'……설마, 입국한 시점에서 이미 알고 있었나?'

그사이 성 대인이 비서에게 무어라 말했고, 비서가 밖으로 나갔다.

성 대인이 웨이치에게 중국어로 말을 건넸다.

"사업가가 동행한다고는 들었지만 한국인인 건 몰랐구려. 북쪽?"

모르는 척은.

생긴 것과 달리 여간 잔머리가 잘 굴러가는 인간인 것 같다.

"……남쪽입니다."

"그렇군. 남한인가."

고개를 끄덕인 성 대인이 말을 이었다.

"중국어나 인도네시아어는 전혀 못 하나?"

"예."

성 대인이 눈을 가늘게 떴다.

"그러면 지금 부하들을 시켜 벌집을 만들어 준다고 말해도 전혀 못 알아듣겠군?"

웨이치는 동요하지 않았고, 장건후도 (당연히) 아무것도 모른 채 커피를 음미할 뿐이었다.

성 대인이 픽 웃었다.

"농담이오. 어쨌거나 그가 내 중국어를 전혀 못 알아듣는 건 분명하군."

"……."

"아무튼 그러면 이야기가 불편하겠는데……."

"신경 쓰지 않으셔도 됩니다."

"아니. 마침 부하 중에 그쪽 혼혈이 있으니 통역을 하세나. 그때 이야기를 마저 해 보지. 그동안 커피나 들게."

"……예."

웨이치는 잠시 후회했다.

'통역? 한국어를 아는 부하가 있었던 건가…… 제길, 이럴 줄 알았으면 밖에 두고 혼자 올 걸 그랬군.'

이 남자가 있음으로 인해 일이 어떻게 꼬일지, 그런 부분은 웨이치의 계산에 없던 일이었다.

긴장한 티를 애써 내색하지 않고 커피를 마시며 기다리고 있으려니 문이 열리고, 예의 문신 남자가 솜털이 보송보송한 소년을 대동하고 왔다.

"왔군. 이제 이야기를 진행해 보지."

그러고 성 대인은 소년에게 인도네시아어로 말했다.

"통역이 필요한 일이 생기면 네가 전해라."

"예, 예!"

소년은 바짝 긴장한 눈치였다.

아마 저 소년도 여기에 들일 준비를 미리 해 두었으리라.

성 대인이 중국어를 꺼냈다.

"그래, 여기서 뭔가 사업을 하신다고……. 영화 제작이라고 했나?"

"예. 장여옥이 출연하는 영화입니다."

"흠, 그런 일에 왜 한국인이 끼었지?"

"얼마 전 장여옥이 방한했을 때, 한국인 감독을 알게 되어 소개받았습니다. 그리고 여기 있는 남자는 그 제작 지원을 해 주는 사업가의 대리인이고요."

제발 그냥 좀 넘어가라, 겉으론 평정을 유지하고 있는 웨이치가 속으로 생각했다.

'……어쩌면 이 남자가 그냥 심부름꾼에 불과하다는 것에 의심을 살지도 모르고.'

그런 기원이 무색하게 성 대인이 통역 소년에게 무어라 말했고, 소년이 그 말을 이어 받아 장건후에게 한국어로 물었다.

"저, 아저씨."

"오잉?"

멀뚱멀뚱 있던 장건후는 난데없는 한국어에 커피를 마시다 말고 눈을 동그랗게 떴다.

"너 한국인이냐?"

"……정확히는 아버지가요."

조금 어색하긴 했지만 분명히 의사소통이 되는 한국어였다.

"이야, 이거 반갑구면, 반가워. 나 참, 여기서 한국말을 들을 줄이야. 아하, 이 사람이 말한 가이드가 너였구면? 그나저나 너, 이름이 뭐냐?"

소년은 장황하게 쏟아지는 장건후의 말에 어찌할 바를 몰라 성 대인의 눈치를 살피며 재빨리 말했다.

"저, 그보단 괜찮으시면 통역 좀 해도 될까요?"

"응? 아, 그래그래. 뭐가 궁금한데?"

"성 대인께서…… 아저씨가 어디서 오셨냐고 물으셔서요."

"응? 한국."

"그건 알아요. 그러니까, 그게 아니라……. 어, 으음……."

소년은 그 뉘앙스를 어떻게 전달할지 고민하다가 어정쩡하게 말을 이었다.

"회사?가 어디냐고……."

"아, 회사."

장건후가 씩 웃으며 대답했다.

"조광."

그 말에는 통역도 필요 없이, 장건후의 입에서 흘러나온 조광이라는 말에 성 대인과 웨이치의 표정이 일변했다.

"Jo Kwang?"

성 대인이 몸을 앞으로 기울이며 물었다.

"정말로 조광에서 왔소?"

소년의 통역도 필요 없이, 장건후는 그 말뜻을 알 것 같았다.

'아, 그래. 내가 그런 대기업에 다니는 사람처럼은 안 보인다 이거지?'

저 멀리 이국 타향에 사는 사람이 조광을 알아준다는 것에 이유 모를 뿌듯함과 함께 조금 자존심이 상하는 장건후였다.

"못 믿는 눈치구만."

거, 명함이 어디 있더라…….

구봉팔의 신분이 본격적으로 조광 그룹의 '이사'로 탈바꿈하면서, 그는 우선 형식적으로나마 조폭의 탈을 벗기 위해서라도 부하 모두에게 각각의 이름과 연락처, 나름의 직함이 박힌 명함을 나눠 주었다.

그 명함은 구봉팔 휘하로 들어간—항렬이 같은 장건후로
서는 인정하기 힘든 일이었지만—장건후에게도 돌아갔다.

'조광 그룹 외부 경영 기획 지원부 장건후 실장.'

사실 그게 뭘 하는지는 모르겠지만 참 그럴듯한 직함이라
고 생각했다.

어쨌거나 평생 인연이 없을 것 같던 '대기업' 명함을 자랑
스럽게 간직하고 있었던 장건후가 품을 뒤지자 부하들이 움
찔했지만, 다행히 성 대인의 손짓 한 번에 부하들은 꺼내려
던 총을 도로 집어넣었다.

아, 찾았다.

장건후는 자랑스럽게 명함을 꺼내 탁자에 올려놓았다.

"여기 있소."

뭐, 심지어 여기 있는 선량한(?) 외국인들이 예전의 조광이
실은 어떤 곳이었다는 걸 알 턱도 없으니······.

'에헴, 이럴 때가 아니면 언제 대기업 엘리트 행세라도 해
보겠냐?'

장건후의 생각과 달리 선량한 외국인이 아니었던 이들은
그가 내놓은 명함에 잠시 할 말을 잃었다.

딱히 교류가 있었던 것은 아니지만 그들도 대한민국의 조
광이 어떤 기업인가 하는 것쯤은 얼추 알고 있었다.

'조광이라면····· 그 조광에서 사람을 보냈단 말이지?'

성 대인은 곰곰이 생각에 잠겼고.

'이 인간이 조광 소속이었단 건가?'

생각조차 해 보지 못한 상황에 웨이치는 돌아 버릴 지경이었다. 크리스가 '심부름꾼'으로 알선해 준 건 푼돈에 움직이는 양아치가 아니었다.

설마 조광은 이번에 인도네시아에 진출할 예정인 걸까?

그것도 삼합회인 자신의 목줄을 쥐고서?

그러면 이 일은 처음부터…….

'아니…… 그 꼬맹이가 조광과 관계가 있을 거라는 생각은 들지 않아.'

크리스는 나이에 비해 똑똑하긴 하나, 그래 봐야 꼬맹이였다. 이 일을 소개한 방준호 감독도 마찬가지.

별로 이야기를 나눠 보지는 않았지만, 웨이치가 지켜본 바 그는 전형적인 예술가형 인간이었다.

주목할 건 크리스가 말한, '장건후를 소개한 사람'일 것이다. 크리스는 똑똑하긴 하나 그 나잇대 꼬마들이 그렇듯 '자세한 건 모르지만' 그 사람을 '이 일에 흥미가 있는 사람' 정도로만 소개했기에 웨이치는 장건후가 어떤 루트를 통해 이 자리를 소개받았는가 하는 건 알지 못했다.

'즉, 그는 주어진 상황을 놓치지 않고 이를 이용하려 한 것……이 되겠군.'

웨이치는 사전에 자세히 알아보지 않은 자신의 불찰에 변명조차 할 수 없었다.

'당했다.'

어쨌건 상대는 자신보다 몇 수 위의 존재.

이미 그자의 손바닥에 놀아나고 있었다는 걸 뒤늦게 눈치 챈 지금 웨이치가 할 수 있는 건 상황을 주시하며 임기응변을 발휘하는 것뿐이었다.

잠시 동안 침묵 끝에 성 대인이 허허, 웃으며 입을 뗐다.

"이거 참, 조광에서 오신 손님이신 줄 알았다면 미리 마중을 나갔을 텐데."

그러며 성 대인은 손을 들어 통역하려는 소년을 제지한 뒤 웨이치에게 말했다.

"무슨 꿍꿍이요?"

"……."

잠시 망설이던 웨이치는 솔직하게 답했다.

"저도 이 사람에 대해서는 소개를 받았을 뿐입니다."

"나더러 그 말을 믿으란 건가?"

웨이치는 허세를 부렸다.

"믿으셔야 할 겁니다."

"……."

자, 그럼 성 대인은 어떻게 나올까.

장건후를 파견한 상대가 누군지는 모르나 그에게도 이는 모처럼의 기회다.

어쨌건 조광 입장에 인도네시아는 외국이고, 아무리 조광이라 할지라도 이국만리 땅에 전쟁을 걸지는 않을 터.

무턱대고 죽여도 무방한, 아니 그 죽음이 방아쇠가 될 만한 인간을 보내지는 않았으리라.

잠시 생각에 잠겼던 성 대인이 소년을 향해 입을 뗐다.

"애, 너 이름이 뭐냐?"

뭐가 어떻게 돌아가는지 모르는 선량한 소년이 주위의 눈치를 살피며 대답했다.

"알리입니다, 성 대인."

"좋아. 알리와 여기 있는 손님을 제외하고 모두 여기서 나가라."

성 대인의 명령에 방에 있던 부하들은 영문을 몰라 서로 눈치를 살폈다.

"나가."

성 대인의 나직이 한마디를 덧붙이자 부하들은 우르르 방을 나갔다. 널찍한 방에 네 사람만 남게 되자 성 대인이 소년에게 인도네시아어로 말했다.

"알리, 손님께 여기는 어쩐 일로 오셨는지 여쭤보거라."

소년, 알리가 장건후에게 말했다.

"저, 아저씨. 성 대인께서 여기는 어쩐 일로 오셨는지 여쭤보시는데요?"

"응?"

이 상황에 어안이 벙벙해 있던 장건후는 마시던 커피 잔을 내려놓으며 대답했다.

"나는 심부름을 왔을 뿐이야."

　그러며 장건후는 가지고 온 가방에서 전달받은 서류 뭉치를 꺼내더니 웨이치에게 전했다.

"애당초 나는 당신에게 이것만 전하면 된다고 들었는데?"

　알리가 장건후의 말을 성 대인에게 전하자, 성 대인이 알리를 통해 장건후에게 말했다.

"어디 한번 볼 수 있겠소?"

"응? 에이, 그건 안 되지. 암. 나는 어디까지나 여기 있는 웨이치?라는 중국인에게 서류를 맡기라는 부탁을 받았을 뿐이거든."

　알리의 통역을 들은 성 대인이 미소를 지었다.

"내가 누군지 아는가 물어보아라."

　알리는 장건후에게 조심스레 물었다.

"저, 아저씨. 저분이 누군지 아세요?"

"응, 알고 있어."

　아까 저 할배 이름이 성 대인이라면서? 그나저나 이름이 대인인가.

'중국인들이 이름을 짓는 감각은 좀 특이한 모양이군.'

　움찔한 알리가 성 대인에게 그 말을 조심스럽게 전했다.

"알고 계신답니다."

"……홋."

성 대인은 알리의 말에 픽 웃었다.

'내가 누군지 알고 있으면서도 저런 모습이라…….'

자신이 손가락 하나만 까딱하면, 한국에서 온 관광객 한 사람쯤이야 쥐도 새도 모르게 사라질 수 있다.

그럼에도 그런 자신 앞에서 그는 이 구역, 조금 더 과장을 더하자면 인도네시아 화교 그림자 세계의 왕이나 다름없는 자신 앞에서 주눅 드는 일 없이 당당했다.

장건후, 그는 조직을 위해서라면 자신의 목숨 따위 초개처럼 내던질 각오가 선 인간이었다. 심지어 태연하게 커피를 홀짝이는 장건후의 손이 떨리지도 않았다.

'죽일 테면 얼마든지 죽여 봐라, 이건가. 조광은 소문대로의 조직이군. 얕잡아 볼 수 없겠어.'

결국 성 대인은 두 손을 들었다.

"이거, 자네 같은 사람을 두고 있는 조광이 부럽군."

"하하, 뭐, 저만 한 사내가 드물긴 하죠."

"조금 노골적이고 천박한 질문이네만, 실례가 안 된다면 조직에서 자네의 서열을 알 수 있겠나?"

알리의 통역을 전해들은 장건후는 잠시 생각하다가 대답했다.

"넘버 원에 가까운 넘버 투."

비록 지금은 구봉팔 밑에 있지만 항렬로 따지면 구봉팔과 같으니, 장건후는 허세를 섞어 그렇게 답했다.

'뭐, 어차피 쟤들이 그런 걸 알 리도 없고.'

장건후의 말에 성 대인은 눈을 동그랗게 뜨더니 너털웃음을 터뜨렸다.

"하하하, 조광이 이번 일에 꽤 정성을 들인 모양이군. 한편으론 자네쯤 되는 인재가 흔하지는 않다는 게 다행이야."

칭찬인가? 칭찬이겠지?

"好(좋아)."

줄곧 인도네시아어를 말하던 성 대인이 다시 중국어를 사용하며 웨이치에게 말을 건넸다.

"웨이치, 손님께 받은 서류를 내게 건네줄 수 있겠나?"

통역을 통해 장건후와 무슨 이야기를 나눈 것인지는 모르나, 성 대인은 자신의 곁에 앉은 장건후라는 사내를 인정하고 있었다.

그래서 웨이치 역시 장건후를 인정하기로 했다.

"성 대인, 저 소년의 통역을 빌릴 수 있겠습니까?"

"하게."

웨이치가 알리를 통해 물었다.

"미스터 장, 당신께 건네받은 서류를 성 대인에게 전해도 되겠습니까?"

장건후는 잠시 생각했다.

'하긴, 내 임무는 이 서류를 저 말총머리 중국인한테 건네

는 게 전부니, 그 서류를 어떻게 할지는 내 알 바 아니지.'

그가 자신을 끌고 여기 온 목적도 예의 화교 커넥션을 이용하려는 모양이었고.

'그나저나 새끼, 내가 조광 그룹 출신인 걸 알고 나니까 태도가 손바닥 뒤집듯 바뀌네.'

조금 배알이 뒤틀리긴 했지만, 장건후는 그러려니 했다.

"상관없어."

그 흔쾌한 대답에 웨이치는 장건후를 얕잡아 본 것을 후회했다.

'……나도 사람 보는 눈이 제법 있다고 생각했는데, 반성해야겠군.'

막말로 장건후는 자신을 통하지 않고 곧장 성 대인과 연결고리를 만들 수도 있었지만, 그는 그러지 않고 웨이치의 입장과 체면을 챙겨 주었다.

"고맙습니다."

웨이치가 잔잔한 미소를 지으며 떠듬거리는 한국어를 말한 뒤, 서류를 알리에게 건넸다.

"성 대인께 건네드려라."

"예!"

알리는 얼른 서류를 받아 성 대인에게 공손히 건넸고, 성대인은 잠시 서류를 살폈다.

서류를 끝까지 훑은 성 대인은 피식 웃은 뒤 웨이치를 보았다.

"웨이치, 이 일은 백 대인도 알고 있나?"

"……그분은 인도네시아에서 제작하는 영화에 장여옥이 출연할 예정이라는 것 외에는 모르십니다."

"이번 일에는 자네의 목숨이 달려 있으니 솔직하게 말하는 게 좋을 거야."

협박에도 불구하고 웨이치는 눈 하나 깜짝하지 않았다.

"어차피 아까 죽다 살아난 목숨 아닙니까?"

"……흥."

성 대인이 피식 웃었다.

탐나기로는 장건후 뿐만 아니라 저 웨이치라는 사내도 욕심이 났지만, 그도 일부러 웨이치의 보스를 자극하고 싶지는 않았다.

'하지만 서류를 보니…… 그것과 별개로 웨이치는 백가 놈에게 딱히 충성하지는 않는 모양이구먼.'

웨이치의 야망과 목적이 무엇인지는 모르나 성 대인이 서류로 저들의 저의를 읽은 바, 그는 지금 이미 조광의 비호를 받고 있었다.

'흔히 있는 탈세용 유령 인간을 만드는 일이지만, 이 일에 웨이치를 끼워 넣었다는 건…… 사실상 여기서 만들 유령 인간으로 웨이치를 보호해 줄 요량이 있단 의미군.'

한편으론.

'게다가 뭐…… 나한테도 선물을 건넨 걸 보면 내가 이번 일에 숟가락을 얹는 정도는 괜찮은 모양이야.'

장건후는 방금 서류를 통해 깨끗한 돈 1만 달러까지 선물로 주었다. 그 기준에 큰돈은 아니었지만, 이 돈이 조광이 자신에게 개인적으로 보내는 신호임을 못 알아 볼 성 대인이 아니었다.

이번 일이 잘 풀린다면, 1만 달러쯤은 푼돈으로 여길 만큼의 막대한 돈이 굴러 들어올 것이다.

성 대인이 알리에게 중국어로 말했다.

"알리, 한국에서 오신 손님께 이 일은 내가 책임지고 진행할 거라고 전해라."

"예!"

그가 중국어를 했다는 건, 웨이치 또한 들으란 의미였다.

알리에게 통역을 전해들은 장건후는 담담한 얼굴로 고개를 끄덕였다.

"신경 써 줘서 고맙습니다. 그럼, 이제 가 봐도 되겠소?"

"음, 단 웨이치는 여기 두고 가시오."

알리의 통역을 전해들은 장건후는 대수롭지 않은 일이라는 양 고개를 끄덕였다.

"그러시든가."

뭐, 중국인들끼리 할 말이 있는 모양이지.

그리고 그건 장건후가 알 바 아니었다.

"그래도 인연이 없지는 않으니 귀국할 땐 웨이치가 공항까지 태워 주면 좋겠는데."

"하하하, 그건 걱정하지 마시오."

웨이치를 죽이지는 않을 테니 안심하라는 의미였다.

웨이치는 웨이치대로 어찌 되어도 상관없을, 오늘 처음 만났을 뿐인 자신의 안위를 잊지 않고 챙겨 주는 장건후의 인품에 속으로 감사를 보냈다.

"그리고……."

성 대인이 진지한 어투로 알리에게 무어라 말하자 알리는 움찔하더니 장건후에게 우물쭈물하며 말했다.

"저…… 아저씨. 성 대인께서 여기 있는 동안 저를 데리고 다니라 말씀하시는데요?"

오.

현지 가이드까지 붙여 주는 건가?

'그 꼬마 사장이 중국인이랑도 친할 줄이야. 이거 이성진이 신경을 많이 써 준 모양이군.'

일등석을 타고 가서 5성짜리 호텔에서 묵으며 사람을 찾아가 적당히 맞장구만 쳤을 뿐인데 일이 끝났을 뿐만 아니라 현지 가이드까지 붙여 준다니.

'이런 심부름이라면 백 번도 하겠다.'

장건후가 씩 웃었다.

"바라던 바요. 멋진 휴가가 되겠군."

알리의 통역을 전해들은 성 대인은 속으로 감탄했다.

'솔직히 말해 감시를 붙이는 것에 화를 내도 내 입장에선 할 말이 없는데……. 그러기는커녕 어디 해 볼 테면 해 보라니, 그야말로 진정한 사내로다.'

아마 장건후는 오늘 하루 자신이 몇 번 동안 생사의 고비를 오갔는지 눈치챌 리 없을 것이다.

또한, 그 시각.

한국에 있는 크리스 역시도 이번 일이 자신이 의도한 것 이상의 성과를 내고 있었다는 것은 전혀 모르고 있었다.

"아, 여깁니다."

호텔 로비에 도착한 정진건은 자신을 부르는 박순길의 목소리에 고개를 돌렸다.

"먼 길 오시느라 수고하셨소잉."

"뭘."

정진건은 별것 아니라는 양 박순길의 말을 받으며 주위를 두리번거렸다.

"김 실장이란 사람은 아직 방에 있나?"

박순길이 손목시계를 힐끗 보았다.

"뭐 곧 나오겠죠."

"별로 친하진 않은 것 같군."

남들과 금방 친해지는 자네답지 않게.

그 말은 일부러 생략했다.

"그런 것보다는 여간해선 엮이지 않으려구요."

"그랬군. 서서 이야기하기도 뭣한데, 저기서 커피나 한잔 할까?"

호텔 커피숍을 가리킨 정진건의 말에 박순길이 손사래를 쳤다.

"어휴, 거 호텔 커피는 허벌나게 비싸부러요. 그냥 나가서 담배나 한 까치……. 아, 금연 중이셨지라?"

"괜찮네. 자네가 피우고 싶으면 그렇게 하지."

휴가철도 지난 평일 비수기여서인지 호텔은 한산했고, 흡연 구역에도 사람이 없어서 마음껏 이야기를 할 수 있었다.

박순길은 홀로 담배를 태우며 정진건에게 전화로 못다 한 이야기를 늘어놓았다.

"흠."

이야기를 끝까지 들은 정진건이 고개를 끄덕였다.

"전화로 듣기는 했지만…… 꽤나 큰일이 벌어졌군."

"꽤 정도가 아니라 아주 큰일입죠."

사람이 죽었을 뿐만 아니라, 그로 인해 전쟁의 불씨가 당겨질지 모른다.

"아마 오늘 저녁에는 그 일로 부산 조폭 연합이 모일 거 같습니다."

"그렇게 되겠지."

그렇게 된다면 당초 예정했던 '마동철'을 만나는 것도 가능할 것 같다.

박순길이 꽁초를 재떨이에 버리며 물었다.

"정 형사님…… . 아니, 지금부터 호칭을 바꿔야 겠구만요. 뭐라고 불러드릴까요?"

"……뭐, 그런 거야 적당히 실장 같은 걸로 부르면 되지 않겠나?"

"그럼든 그럽시다. 정 실장님, 창원에 가셨던 건은 어떻게 됐습니까?"

"음."

정진건은 박순길에게 창원 물류창고가 들어 놓은 보험사를 다녀온 결과를 말해 주었다. 보험사 측은 물류창고 화재가 그 정도에서 끝난 것을 오히려 다행으로 여기고 있었다.

보험사 측이 전한 바, 손실보험으로 책정할 물류가 없어서 피해 금액을 최소화할 수 있었다나 뭐라나.

하지만 이상한 점은 보험금의 수취인을 찾을 수 없었던 점이었다. 사업자등록증에 등재된 주소지는 비어 있었다.

"물론 절차상의 이유 때문에라도 위조된 사업자등록증, 법인인감, 거래명세서 등의 조사를 경찰에 의뢰하기는 했지만…… 차라리 이대로 일이 흐지부지되길 바라는 듯하더군."

결국 이번에 보험사 측이 보험 수취인을 찾지 못한다면 그들은 보험금을 지급하지 않고 끝낼 수 있으니, 오히려 잘된 일이라 여기는 눈치였다.

"어쨌거나 예상대로 그짝도 멀쩡한 곳은 아니었던 모양이구만요."

"그렇지. 일반적인 용례와는 다른 용도로 쓰였을 공산이 커."

잠시 생각하던 박순길이 입을 뗐다.

"제 생각입니다만, 혹시 광남파에서 마약을 보관하던 곳은 아닐까요?"

"……마약?"

"예. 아까 태화빌딩에서 봉식이파 똘마니가 총을 갖고 있었다고 말씀드리지 않았습니까?"

"그랬지."

박순길은 자신이 보관 중인 권총을 보여 줄까 하다가 관뒀다.

"제가 곰곰이 생각해 봉께 여가 미국도 아니고, 아무래도 그건 그런 똘마니가 가지고 있을 만한 물건이 아니지라. 근디 그따구 똘마니가 권총을 갖고 있었을 정도라믄 그짝에서 꽤 풀려 있었단 것이 되지 않겠습니까."

"흠, 그러니까 박 형사……"

"아따, 실장님. 지는 박 차장이라 불러 주쇼잉."

정진건이 픽 웃었다.

"알겠네. 그럼 박 차장 생각에는 봉식이파의 무장 수준과 창원 물류 창고 화재가 무관하지 않을 거란 의미인가?"

"예."

박순길의 눈빛이 진지해졌다.

"만약 그 불난 곳이 광남파가 아지트 대용으로 쓰던 곳이라믄 놈들은 그쪽에 총기랑 마약도 함께 보관하고 있었을 거 같습니다. 그라고 놈들은 광남파 아지트를 쓸어불면서 거기 있던 물건을 싹 다 빼돌린 것이 아닐까요?"

"물건을 전부 빼돌렸다면, 마약까지도?"

"예. 곰곰이 생각해 본 거신데…… 양필두가 그 자리에서 순순히 물러난 것과도 무관하지 않을 성싶습니다. 동시에 태화빌딩 소유권을 두고 봉식이파랑 분쟁이 났던 것도 그렇고요."

잠시 생각하던 정진건이 고개를 끄덕였다.

"그럴지도 모르겠군. 즉, 부산 조폭 연합은 광남파를 소탕하고 난 뒤의 전리품을 두고 서로 눈치를 보고 있단 건가?"

"예. 보통 그런 연합이라는 것은 목적을 달성하고 나믄 뿔뿔이 흩어지는 것이 순리가 아니겠습니까? 근디 우째 질척질척, 놈들이 아직꺼정 연합에 묶여 있는 거라믄 여기 아직 먹을 게 남아서일 거란 생각이 들더구만요."

꽤 그럴듯해 보이는 추론이었다.

그도 그럴 것이 당장 태화빌딩에서 사고가 있었던 걸 보면 부산 조폭 연합의 구속력은 느슨해 보였고, 부산 조폭들도 저들끼리 단합은 되지 않는다.

그런 그들을 묶어 두고 있는 것은 어느 한쪽의 압도적인 힘이 아닌 이익.

부산 조폭 연합이 아직 연합의 형태를 이루고 있는 건 그에 따른 '정산'이 아직 이루어지지 않았기 때문일 공산이 컸다.

정진건의 표정을 살피던 박순길이 슬쩍 물었다.

"근디 정 실장님. 일이 요로고롬 됐응께, 슬슬 김강철 형사를 떠 봐야 쓰지 않겠소잉?"

"김강철 형사 말인가?"

"예. 어젯밤에 그 사람이 어딘가 수상쩍다는 이야기를 하지 않았습니까?"

"음."

"제 생각에는 김 형사가 뭔가를 잘 알고 있는 거 같아서 말이어라."

박순길이 말을 이었다.

"그 왜, 얼마 전에 부산 경찰들이 마약 거래 현장이라 착각하고서 대대적으로 덮쳤다가 망신살이 뻗쳤던 때가 있지 않습니까? 그라고 공교롭게도 그날 창원 물류 창고에 불이 났고요. 만일 그것이 부산 조폭 놈들의 양동작전이었고, 그날 광남파가 소탕이 되었다믄 부산 경찰이 뒷돈을 받아 묵지 않고서야 그 연관성을 의심해 보지 않을 리가 없지 않겠냐 이

겁니다."

"……."

정진건은 뜸을 들였다가 입을 뗐다.

"김강철 형사는 그 일로 부산 경찰 조직이 물갈이가 되었다고 했지. 하지만 박 형…… 아니, 박 차장은 그게 물갈이가 아닌, 부산 조폭을 일망타진하기 위한 개편이었던 것은 아닌가, 하고 생각 중인 건가?"

"예. 그러니 지금부터는 저희가 섣불리 들쑤셔가 '큰 그림'을 망치 뿐믄 좀 곤란하지 않겠나 싶어서리……."

박순길의 말은 정진건에게도 생각할 여지가 다분했다.

정진건은 박순길이 그 일의 원인을 제공했다고는 생각하지 않았지만, 박순길이 그 결과에 어떤 영향을 주었으리라는 정도는 생각하고 있었다.

당장 오늘만 하더라도 사람이 죽었고, 살인미수가 있었다. 그러니 이 일에 경찰력을 동원할 명분은 충분하다 못해 차고 넘쳤고, 또한 이때 김강철이 어떻게 나오느냐에 따라 그 입장이 어떤지 알 수 있게 되리라.

박순길이 김강철을 끌어들이고자 한 것에는 그런 요소도 포함하고 있는 것일 터.

하지만 경찰력이 움직이면 안 될 상황이라면?

'그리고 경찰로 하여금 그들이 섣불리 움직일 수 없도록 통제 가능한 상부 조직이라…….'

어째서일까, 정진건의 머릿속에 '안기부'라는 세 글자가 떠올랐다.

'만일 그런 거라면 곤란하게 됐군.'

여러 의미로.

정진건이 다시 입을 뗐다.

"생각해 보지. 그전에 조광은 어떤 거 같나?"

"조광이면 김 실장 말입니까?"

"음, 자네 생각에는 조광의 김 실장이 여기까지 내려온 이유가 뭐일 거 같나?"

박순길이 어깨를 으쓱였다.

"그 작자 말로는 사업 때문이라고 했습죠. 하지만 그걸 곧이곧대로 받아들일 수는 없지라. 그 왜, 지금은 구봉팔이가 부산에 모습을 드러냈던 것이 기정사실 아닙니까?"

"그랬지."

정진건은 구봉팔이 김갑일의 중개를 거쳐 양필두와 통화를 나눈 사실을 상기해 냈다.

"정확히는 무슨 내용이었나?"

"양필두랑 구봉팔이 둘이서만 통화한 거라서 저도 자세히는 모릅니다. 내용 자체는 대강 안부나 묻는 거였는데……양필두의 목적은 저랑 김갑일 실장이 조광 소속이 확실한가를 떠보기 위한 거였겠죠."

"흠."

어쨌건 구봉팔과 양필두가 아는 사이, 최소한 구면인 건
분명해 보였다.

박순길이 덧붙였다.

"뭐, 별로 친해 보이지는 않았습니다."

"그렇겠지. 친하다면 굳이 김갑일 실장이란 인물을 통하지
않고 곧장 구봉팔에게 연락을 넣었을 테니……."

그때 정진건은 문득 어느 생각에 미쳤다.

"잠깐, 구봉팔은 그때 이철희랑 있다고 했었지?"

"예."

"그러면 구봉팔은 이철희랑 한편인 건가?"

"글쎄요?"

"……으음."

박순길은 지금 그게 중요한가 싶은 표정이었지만, 정진건
의 생각은 조금 달랐다.

"혹시 김갑일 실장의 부서가 어디였나?"

"어, 음. 경영 어쩌고였는데…… 죄송합니다, 기억이 안 나
서."

"……아니, 괜찮네."

들어도 별반 도움이 될 거 같지는 않다.

"어쨌건 방금 든 생각이지만 나는 김갑일 실장이 이철희
쪽 인물은 아닐까, 하는 생각이 드는군."

"그래요?"

"음. 그게 아니면 그 시간에 구봉팔과 이철희가 만나고 있다는 스케줄을 알고 있겠나, 싶어서. 어쩌면 구봉팔 측 인간일지도 모르지만, 그런 느낌은 들지 않는군."

정진건의 말에 박순길이 눈을 가늘게 떴다.

"……즉, 정 실장님은 지금 김갑일이 이철희의 명령을 받고 부산에 내려왔다는 말씀이어라?"

"그래. 그것도 구봉팔이 여기 다녀갔다는 걸 이미 알고 있는 입장에서……. 그리고 그걸 알고 있는 김갑일은 무슨 이유로 부산에 내려온 걸까?"

그렇게 생각하니 정진건이 제기한 의문도 납득이 갔다.

만일 구봉팔과 이철희가 한편일 경우와 아직 그 사이를 조율 중인 경우엔 김갑일의 부산 방문 목적은 달라질 테니까.

박순길의 반응을 확인한 정진건이 말을 이었다.

"그리고 구봉팔이 부산에 내려왔던 목적도 다시금 생각해 봄 직하지. 우리는 그걸 광금후 쪽 파벌을 박살 내기 위해서라고 생각하고 있지만……."

"그러니까 구봉팔이는 부산 조폭 연합을 이용해서 광남파를 치게 만들고, 그 이익 분배에는 관여하지 않겠단 입장을 냈을 거란 거죠?"

구봉팔 혼자서 부산 조폭 연합을 움직인 건 대단했지만, 그것도 광남파가 가진 동기, 그리고 부산 조폭들에게 광남파가 눈엣가시였다는 걸 감안하면 충분히 그럴 수 있지 않앉을까.

'……응? 혼자서?'

문득, 묘한 위화감이 들었지만 그 생각은 이내 가뭇없이 사라졌다.

"정 실장님?"

"아, 그래. 음. 반면 이철희의 입장은 다를 수도 있다고 생각하네. 어쨌거나 광남파는 광금후의 든든한 뒷줄이었을 거고, 기반이 약한 이철희로서는 그 힘이 탐났을지 몰라. 아니면…… 전혀 다른 목적이 있거나."

"거참."

가설에 가설을 덧붙인 상황에 이르자 박순길이 머리를 긁적였다.

"정 실장님은 생각이 너무 많으신 거 같어라."

"그런가?"

어쩌면 양상춘의 영향을 받고 만 걸지도 모르겠다.

"뭐, 상황이 어떻든 저는 심플하게 갔으면 합니다. 가장 확실한 것은 김강철 형사를 불러서 이번 사건을 공유하는 거지라. 어쨌거나 그때 현장에 있었던 놈들을 다 잡아 넣고 두들기면 먼지라도 나오지 않겠소잉?"

"그것도 그렇군."

그래, 심플하게 생각한다면…….

"……."

—김 형사님?

김강철은 수화기 너머로 들려오는 석동출의 목소리에 그제야 정신을 차렸다.

"아, 죄송합니더."

석동출이 전해 준 소식은 그만큼 놀라웠다.

"……그라믄 연합 쪽에선 우째 움직인답니꺼?"

—우선 오늘 저녁 급하게 소집을 했습니다.

그야 그렇겠지.

"김철수 요원은 뭐라카데예?"

—그게…… 지금 당장 부산으로 내려온다더군요. 가능하면 시간을 끌어 보라고 해서 늦춘 게 저녁 시간입니다.

"흠."

그렇다니 이건 그 김철수의 '계획'에도 없던 사태인 모양이다.

'무슨 일이 터져도 모든 게 예정대로라카던 그 양반이 지금은 어떤 얼굴을 하고 있을라나.'

김강철은 문득 김철수의 똥줄 빠지는 얼굴을 한 번쯤 보고 싶다는 생각을 했지만, 동시에 지금은 그런 생각을 할 때가 아니란 생각도 들었다.

"알겠습니더. 하믄 거기서 제가 도와드릴 일이라도?"

－음…… 가능하면 이번 일에 경찰이 움직이는 건 최대한 늦춰 주셨으면 합니다. 우선은 돌아가는 상황을 보고 판단할 문제라고 하셔서요.

"최선을 다 해 보겠습니다."

어쩌면 청장에게 보고를 해야 할지도 모르겠다.

김강철은 문득 서울에서 정진건과 박순길이 내려온 일을 그에게 알릴까 생각하고 있을 때 석동출이 말했다.

－그럼 용건은 여기까지입니다.

그 바람에 석동출에게 그 사실을 알려 볼까 하던 김강철의 생각은 싱겁게 끝나 버렸다.

"알겠습니다. 하믄 석동출 씨도 조심하이소."

－……예.

김강철은 석동출의 전화를 끊고 난 뒤 곰곰이 생각에 잠겼다.

비록 김철수의 예상을 벗어난 일이기는 하나, 그는 결국 터질 것이 터지고 말았다는 생각이 들었다.

부산 조폭 연합의 느슨한 결속이 깨지는 건 어차피 시간 문제였다.

그런 그들을 지금껏 붙들고 있었던 건 어디까지나 얼마 뒤 있을 '큰 거래' 때문.

그 와중 서동호는 부산 조폭계를 장악하기라도 할 기세로 여기저기 시비를 걸고 다녔고, 오늘에 이르러선 그 서동호와 가장 큰 갈등을 빚고 있던 양필두의 인내심이 마침내 바닥을 드러낸 것이리라.

'서동호 금마도 너무 설쳤어. 최봉식이가 서동호에게 자리를 물려주는 걸 망설인 이유는 거기 있었던 거겠지.'

아마 서동호가 조금만 더 일찍 이 바닥에 발을 들였더라면 그는 정말로 부산 조폭계의 거물로 우뚝 섰을지 모른다.

하지만 한편으론 모난 돌이 정을 맞는 법이라고. 그렇게 덩치를 키운 서동호는 정부 주도의 대대적인 소탕 때 교도소로 들어갔으리라.

'어쨌거나 요거 개판이 났구만, 아주.'

이번 파라솔파와 봉식이파의 갈등이 심화되는 동안, 안기부는 석동출이 섣불리 그들 사이를 중재하지 않도록 미적지근한 태도를 유지하도록 '명령'했다.

안기부의 목적이 부산 조폭들의 분열이라는 것쯤은 김강철도 간파한 바였으나, 그 결과 사람이 죽었다.

나쁜 놈이긴 해도 사람이 죽은 일이다.

이미 발을 들여놓고 말긴 했지만, 김강철은 이대로 안기부와 작전을 이어 가는 것이 과연 타당한 일일까, 생각했다.

안기부는 목적을 위해서라면 수단을 가리지 않는 조직이었다.

아니, 최소한 김철수라는 인간은 그랬다.

'이걸 우얄꼬…….'

김강철이 한숨을 내쉬자마자 손에 쥐고 있던 그의 핸드폰이 울렸다.

"여보세요."

김강철은 반사적으로 전화를 받았다.

—여보세요. 김 형사, 나 정진건이네.

정진건.

상대의 목소리에 김강철은 괜히 속이 뜨끔했다.

"아, 예. 정 형사님. 부산 구경은 잘하고 계십니까?"

—하하, 그럴 겨를이 없더군.

정진건은 곧장 본론으로 들어갔다.

—괜찮다면 지금 좀 만날 수 있겠나?

"예? 지금은……."

—중요한 일이네.

그 진중한 목소리에서 김강철이 내뺄 여지도 없었다.

'설마 이번 태화빌딩 일과 무슨 관련이……?'

망설이는 김강철에게 정진건의 목소리가 이어졌다.

—이왕이면 자네와 나, 단둘이서 만났으면 하는군.

단둘이라.

그렇다는 건 어제 본 박순길 형사를 배제한 만남이란 의미였다.

고민은 길지 않았다.

"알겠습니다."

김강철은 진지한 얼굴로 정진건의 말을 받았다.

"함 만납시다."

박순길이 해운대 백사장을 어슬렁거리고 있으려니 핸드폰이 울렸다.

시간을 보니 오후 다섯 시 무렵.

시계를 확인한 박순길은 곧장 전화를 받았다.

"여보세요."

─여보세요. 김갑일입니다. 지금 어디 계십니까?

이제 일어난 모양이군.

"요기 백사장 산책 중이요."

─그럼 호텔 로비로 와 주십시오. 먼저 끊겠습니다.

박순길이 그러쇼, 하고 대답도 하기 전에 전화를 끊어 버렸다.

'체, 싸가지하고는.'

박순길은 발걸음을 조금 빨리 움직여 호텔로 돌아갔다.

박순길이 로비를 두리번거리고 있으려니 호텔 카페에 앉아 있는 김갑일이 보였다.

'이 비싼 곳에…… 돈 좀 있나?'

하긴, 대기업에 다니며 실장이란 직함을 달고 있으니 형사

박봉과는 비교도 안 될 급여를 받고 있겠지.

박순길이 김갑일에게 다가갔다.

"실장님, 잠은 잘 주무셨소?"

슬쩍 보니 그는 샌드위치까지 주문해 먹고 있었다.

아주 팔자가 늘어졌구먼.

"예."

김갑일이 자리를 권했다.

"뭔가 드시겠습니까?"

하지만 사 준다고 하니 그를 향한 박순길의 호감도가 눈곱만큼 상승했다.

"그럼 뭐, 같은 걸루다가."

호텔 커피에 샌드위치라.

꼴랑 저걸 주면서 몇 만원을 받아 가는 바가지요금이지만 이럴 때가 아니면 언제 맛이나 보겠나.

"예."

김갑일은 손을 들어 종업원을 부른 뒤 커피와 샌드위치를 주문했다.

'흔쾌히 주문하는 걸 보니 아무튼 대기업이 좋긴 좋군.'

종업원이 물러나자마자 김갑일이 박순길에게 물었다.

"오신다던 일행 분은요?"

"거, 길이 막힌다더군요."

박순길은 태연히 거짓말을 했다.

"그러니 오늘은 얼굴 보기가 힘들 거 같소."

"그렇군요. 알겠습니다."

그는 그 정도 선에서 질문을 그칠 뿐 가타부타 묻지 않았다.

"방금 전화를 받았습니다. 오후 여덟 시, 박순길 씨와 함께 참석해 달라더군요."

누가, 어디서, 라는 말은 생략했지만 듣지 않아도 알 것 같았다.

'근데 내가 아니라 저 양반에게 전화를 건 걸 보면, 나는 신뢰를 받지 못하고 있든가 점마가 내보다 위라는 생각인가 보구마잉.'

나 참, 목숨도 구해 줬는데 생명의 은인을 두고 말이다.

이럴 줄 알았으면 알아서 뒈지도록 내버려 둘 걸 그랬다고 생각하며 박순길은 고개를 끄덕였다.

"그럽시다, 그럼."

"앞으로 세 시간이나 남았는데…… 그 정도 시간이면 일행분도 동석 가능하지 않을까요?"

이 새끼가.

박순길은 픽 웃으며 어깨를 으쓱였다.

"글쎄요, 말은 그렇게 했지만 실은 부산에 애인이 있는 모양이라서."

"……농담입니까?"

"내 일행이 댁이랑은 볼 일 없을 거란 말을 돌려 말한 거요."

"……."

"게다가 어차피 내 일행이 '거기'에 갈 수도 없을 거 아니오? 그러니 그런 걸로 칩시다."

"알겠습니다."

김갑일은 담담히 대답하곤 커피를 마신 뒤 자리에서 일어섰다.

"그러면 나중에 로비에서 합류하죠."

"어디 가시오?"

"부산에 애인이 있어서요."

거, 보기와 달리 유머 감각이 출중하군.

"잠깐."

김갑일이 멈춰 섰다.

"예?"

"거시기, 그 전에 조금 말을 맞춰 둘까 해서."

"무슨 말을요?"

"조광에 내가 있을 법한 부서 뭐 없소? 차장쯤으로다가."

"……경영 기획 4팀쯤으로 해 두죠."

"오. 뭐 하는 곳인데?"

"아무것도. 존재하지 않는 부서입니다."

할 말을 마친 김갑일은 곧장 자리를 떠났다.

'……정이 안 붙는 양반일세.'

김갑일이 떠나자 종업원이 박순길 몫의 커피와 샌드위치를 들고 다가왔다.

"커피 나왔습니다."

"응, 거기 두쇼. 그리고 이 컵은 치우고."

"예, 손님."

그리고 종업원은 박순길 몫의 커피 아래에 계산서를 놓았다.

"…….."

김갑일이 먹고 마신 샌드위치와 커피까지 도합 두 잔이었다.

'……이 새끼, 진짜로 정 안 가네.'

박순길은 영수증을 구기며 벌컥, 커피를 마셨다.

"어메 뜨거라!"

박순길을 호텔 카페에 내버려두고 호텔을 나선 김갑일은 발걸음을 옮기다가 잠깐 멈칫했다.

'그러고 보니 내가 나올 때 계산을 했던가?'

음, 하지 않은 것 같다.

그렇다고 도로 돌아가는 것도 어색했기에 김갑일은 다시

발걸음을 옮겼다.

'……아직도 잠이 덜 깬 모양이군.'

밤샘 운전을 해 서울에서 부산까지 내려온 데다가 잠시 눈을 붙일 새도 없이 바쁘게 움직인 김갑일이었다.

호텔에서 잠시 잠을 청하려고 했지만 갑자기 터진 일의 연속에 보고 및 연락을 하느라 쪽잠도 제대로 취하질 못했다.

'다른 일에는 실수가 없도록 해야겠어.'

마음 같아선 호텔로 들어가 한숨 자고 싶었으나 그럴 수 없었다.

아마 이대로 잠들면 약속 시간도 넘긴 채 잠에 빠져들고 말지도 모른다.

하품이 나오려는 걸, 발걸음이 비틀거리려는 걸 참으며 몇 분가량 바닷가를 따라서 걸은 그는 길을 건너 갓길에 멈춰 서 있던 차로 향했다.

차량 번호를 확인한 김갑일이 뒷문 유리창을 툭툭 건들자 문이 열렸다.

"오셨습니까."

부하의 일본어 인사를 들으며 김갑일은 뒷좌석에 올라탔다.

"어떻게 됐지?"

"예. 부재중이실 때 박 형사와 정 형사는 호텔에서 합류했습니다. 둘은 잠시 대화를 나눈 뒤 헤어졌고, 정 형사는 따로 어디론가 떠났습니다."

"미행은?"

"야마다가 갔습니다."

"계속 지켜봐. 혼자 남은 박 형사는 그사이 뭘 하고 있었나?"

"그냥 혼자 있었습니다. 바닷가를 걷거나 하면서……."

"……그래."

혹시나 했지만 역시나 그는 따로 예정이 없던 모양이었다.

'한동안 내버려둬도 되겠군.'

김갑일은 하품을 한 뒤 시트에 등을 붙이며 눈을 감았다.

"일곱 시가 되면 깨워."

"저…… 호텔에서 주무시는 게 좋지 않을까요?"

김갑일이 한쪽 눈을 떴다.

"안 돼. 지금 거기서 잠들면 아침까지 못 일어날 거 같거든."

"제가 가서 깨워 드리겠습니다."

"더 안 될 말이지."

김갑일이 떴던 눈을 다시 감았다.

"박 형사가 아직 호텔에 있어. 내가 다른 사람과 동행해서 방에 들어가는 걸 보면 다른 생각을 할 테니까. 여기서 쪽잠을 자는 걸로."

"……알겠습니다."

부하는 더는 묻지 않고 김갑일이 잠들 수 있도록 입을 다물었다.

잠시 후, 뒷좌석에 앉은 김갑일의 코 고는 소리가 들렸다.

그 시각, 김강철은 정진건을 발견하곤 손을 들었다.

"여깁니다."

그를 확인한 정진건은 김강철이 앉아 있는 테이블로 가서 그와 마주 앉았다.

"정말로 부산에도 로스트 빈이 있었군."

"어라, 정 형사님도 자주 가십니까?"

"음, 뭐."

정진건은 뿐만 아니라 아는 사람이 거기 대표라는 말을 할까, 하려다가 관뒀다.

"처음엔 뭐 이런 걸 돈 받고 파나 싶었는데 먹다 보니 꽤 중독되더구만요. 아, 정 형사님도 커피 드시겠습니까?"

"아니, 나는 됐네."

정진건은 간단히 손사래를 쳤다.

"그보단 일 이야기를 좀 하지."

"……예."

김강철이 고개를 끄덕였다.

"저랑 단둘이서 만나자고 하셨죠. 무슨 일입니까?"

정진건은 혹시 듣는 귀가 없는지 주위를 둘러보며 잠시 뜸을 들인 뒤, 목소리를 낮춰 단도직입적으로 물었다.

"자네 혹시, 지금 안기부랑 일하고 있나?"

"……."

만약 김강철이 커피를 마시며 그 이야기를 들었다면, 뿜었을 것이다.

5장

"안기부? 하하, 정 형사님도 무슨 말씀을……."

"……."

정진건의 진지한 눈빛을 보며 김강철은 멋쩍은 듯 머리를 긁적였다.

"왜 그렇게 생각하셨습니까?"

어딘지 모르게 반쯤은 시인한 듯한 느낌을 주는 어조와 표정이었지만 정진건은 담담히 말을 받았다.

"그런 게 아니면 자네나 자네의 상부가 누군가로부터 뒷돈을 받았단 것이 되겠지만, 그렇게 생각하고 싶지는 않더군."

"……."

"그중 안기부를 떠올린 건, 서울에서도 그런 낌새를 주는 상황이 있었기 때문일세. 내가 직접적으로 엮인 적은 없지만 여러 차례 그런 정황이 보였지."

휴우.

김강철은 한숨을 내쉰 뒤 목소리를 낮췄다.

"일단 그 질문에 대답부터 하자면…… 그렇습니다.

"……음."

어젯밤부터 본격적으로 떠올린 의혹이 확신으로 굳어졌지만 정진건은 놀라지 않았다.

"역시 그랬군. 솔직히 말해 주어서 고맙네."

"아뇨, 그러실 거 없습니다."

김강철이 퉁명스럽게 말을 받았다.

그 퉁명스러움은 비밀을 알아낸 정진건을 향한 것이 아닌, 그가 처한 이 상황 자체를 향한 것이었다.

"그러잖아도 저 역시 이 '작전'이라는 것에 의심이 들기 시작했던 참이어서요."

"작전?"

"예에."

김강철은 잠시 뜸을 들인 뒤, 자신이 알고 있는 바를 정진건과 공유하기 시작했다.

우선, 얼마 전 '마약 밀가루' 사건 때 체포한 범죄자들을 손쉽게 풀어준 상황부터 청장의 명령으로 안기부가 움직이는 조직과 합류한 것, 그리고 부산 조폭 연합을 통해 마약을 거래하도록 용인한 부분 등.

정진건도 어느 정도는 마음의 준비를 갖추긴 했으나 이 정도로 정보가 쏟아져 나올 줄은 몰랐다.

"……즉, 안기부에서는 이번 일에 범국가적인 개입을 시도했단 거로군."

"마, 안기부가 하는 일이 그런 거 아니겠습니꺼? 어쨌거나 그들도 국가와 국민을 위해 일한다고 떠들어 대는 놈들이니……."

김강철은 떨떠름해하는 얼굴로 커피를 한 모금 마셨다.

"그렇다고는 하지만 제가 보기에도 이번 일은 선을 넘은 거 같았습니다."

"무슨 일?"

"오늘 사람이 죽지 않았습니까."

"……."

김강철 역시도 오늘 태화빌딩에서 사람이 죽은 일을 신경 쓰고 있던 모양이었다.

"아, 이건 모르시겠군요. 광안리에 있는 태화빌딩이라는 곳에서……."

"알고 있네."

조금 더 상황을 지켜본 뒤 말을 꺼낼까 생각했던 정진건은 그 일을 이미 알고 있다는 걸 담담히 시인했다.

"예? 뭐라굽쇼?"

오히려 놀란 건 김강철이었다.

정진건은 그런 김강철을 보며 쓴웃음을 지었다.

"박순길 형사가 그 자리에 있었거든."

그러며 정진건은 김강철에게 박순길의 오늘 행적을 밝힌 뒤 말을 이었다.

"……사실 오늘 자네를 보자고 한 것도 그 일을 구실로 삼을 생각이었다네."

"예……."

김강철은 또 다시 한숨을 내쉬었다.

"알고 계시다니 이야기가 빨라지겠구먼요. 뭐, 이번 일도 안기부의 계획이었는지는 모르지만, 저는 안기부가 제때 개입했으면 사람이 죽지 않고 끝낼 수도 있다는 생각이 들었습니다. 사실상 따지고 보면 안기부, 나아가 그 사주를 받고 있는 연합의 수장이 일부러 사태를 미적지근하게 끌고 간 탓도 있으니까요."

"일부러 미적지근하게 끌고 갔다?"

"예."

김강철은 이번, 태화빌딩을 놓고 봉식이파의 서동호와 파라솔파의 양필두가 꽤 오래 전부터 갈등을 빚어 왔다는 일을 고했다.

"서동호 금마는 아마 양필두도 큰 거래를 앞두고 있으니 섣불리 움직이지는 못할 거라는 계산을 하고 있었을 겁니다.

근데 웬걸, 양필두는 이번에 조광을 끌어들여 갖구 태화빌딩의 주인이 누군지 단디 보여 줄라 한 모양인데……. 뭐, 양필두도 그 일로 봉식이파 애가 자신의 목숨을 노리다가 죽을 줄은 몰랐겠지만요."

"큰 거래라면 아까 말한 마약 밀매 건 말인가?"

"예. 이미 입금도 끝냈다고 들었습니더. 뭐, 그걸로 들어올 돈을 생각하믄 태화빌딩에 걸린 돈쯤이야 푼돈일거란 생각이었겠죠. 서동호도 양필두가 좋게 좋게 넘어갈 수도 있었을 거라 생각했을 겁니다. 그런데 양필두도 나름 이 바닥 짬밥이 있을 텐데, 서동호가 무슨 꿍꿍이를 부리고 있는가 하는 것쯤은 눈치챘겠지요."

정진건이 고개를 끄덕였다.

마약 거래는 거래대로 두고, 서동호는 그사이 연합 내 암묵적으로 맺어진 '불가침협정'을 이용해 부산에서 자신의 입지를 확대할 생각이었을 것이다.

'또, 서동호는 마약 거래 그 너머를 보고서 여기저기 시비를 걸고 다닌 걸 테고.'

날고 기어 봐야 깡패들, 베테랑 형사인 정진건이 그들의 생리를 모를 리 없다.

"그나저나 내가 이쪽 사정을 잘 몰라서 그런데, 봉식이파는 완전히 서동호 쪽으로 넘어간 건가? 내가 알기로는 최봉식이라는 인간이 두목인 것으로 알고 있는데."

"얼마 전까지는 그랬습죠. 헌데 얼마 전 밀가루 때 이후로 최봉식이가 아예 자취를 감춰 버렸습니다. 서동호는 지금 그 두목 대행 노릇을 하고 있고요."

정진건이 고개를 끄덕여 그 말을 받았다.

"이미 하극상이 벌어진 것도 염두에 둬야겠군."

"아마 그럴 겁니더. 안기부에서는 이미 물갈이가 끝났다고 보고 있으니까요."

그 최봉식이 죽었는지 살았는지는 아직 모르겠지만……. 아무리 서동호가 막나간다고 한들 최봉식을 죽이지는 않았을 거라고 김강철은 생각했다.

"그럼 앞으로는 어떻게 될 거 같나?"

"그게 말이죠……."

김강철이 뜸을 들였다가 대답했다.

"안기부의 '계획'대로라면, 물건이 들어오는 즉시 대대적인 국제 공조를 시작해가 싸그리 잡아넣는 걸로 하고 있답니다. 그리 되믄 대한민국은 다시 마약 청정국이 될 끼고, 그 뭐시냐, DEA는 물 건너 마약 조직을 없앨 수 있으니 누이 좋고 매부 좋은 일이라카데예."

"……음."

"물론 그것도 오늘 있을 회담이 잘 진행되어야 하는 거긴 합니다만."

김강철이 두 손을 들었다.

"그렇다고는 해도 이게 맞는 긴가, 아닌가, 저도 잘 모르게
됐습니더. 어떤 큰 그림을 그리고 있든 간에 그 일로, 그 과
정에 사람이 죽어 뿌믄 그게 다 무슨 소용인가 싶기도 하고
요. 아무리 죽을 놈이 죽었을 뿐이라캐도 죄가 나쁘지 사람
이 나쁩니꺼?"

"……"

"뭐, 지도 그래가 정 형사님께 제가 아는 걸 다 말한 거지
만요."

이 자리에서 그와 범죄자를 대하는 입장이 어떠한가를 논
할 생각은 없지만, 최소한 그 과정에 범죄자 몇 명이 죽어도
아랑곳하지 않을 박강호 검사라면 안기부의 생각에 동조하
지 않을까.

박강호 검사는 저래 봬도 범죄자와 일반인을 명확히 구분
해 격리, 철퇴를 내려야 한다고 보는 사람이었으니까.

'그러니 움직인다면 박강호 검사의 명령을 기다리지 않고
독자적인 판단을 내려야 할 것 같군.'

그러면 안기부의 큰 그림을 따를 것인지, 아니면 지금이라
도 저 나쁜 놈들을 잡아넣어 혹시 모를 불상사에 대비해야
할지 정진건으로서는 영 확신이 서질 않았다.

"아 참, 이건 말이 나온 김에 드리는 말씀입니다만…… 저
번에 부탁드린 마동철 있죠?"

정진건이 퍼뜩 정신을 차렸다.

"아, 음."

"실은 그 양반이랑도 이번에 안면을 텄지 뭡니까. 정확히는 안기부랑 같이 일을 하고 있더구만요."

정진건이 자세를 고쳐 앉았다.

"누군가?"

"거, 어쩌면 알지도 모르겠네. 광수대 출신이라 들었는데…… 석동출 형사라고."

정진건의 눈빛이 변했다.

"아는 사람일세."

"그래예? 와, 이거 세상 참 좁네. 설마하니 정 형사님도 아는 사람일 줄은……."

부산 조폭 연합의 수장을 맡고 있는 마동철의 정체가 석동출임을 알게 된 정진건은 즉시 말을 끊었다.

"만나 보지."

"예? 아, 그라믄……."

"지금 당장."

정진건의 표정에 김강철은 '일단 오늘 회담부터 어떻게 해결하고 나서' 운운하는 말을 붙이지도 못했다.

"……알겠습니더. 그럼 제가 안내할게예."

"음."

두 사람은 즉시 자리에서 일어나 카페를 나섰다.

'부산에 있던 마동철의 정체는 석동출이었어.'

그는 조설훈의 죽음부터 시작해 모든 열쇠를 쥐고 있는 인물이었다.

그런 석동출이 어쩌다가 안기부와 손을 잡고 위장 신분을 내세우며 부산 조폭 연합의 수장 행세를 하고 있는지는 알 수 없지만.

'그를 만나야 해.'

정진건은 석동출을 만나야 사건의 진상에 다가설 수 있을 거란 확신을 가졌다.

그 바람에 시야가 좁아진 탓일까, 정진건은 그들을 따라붙는 미행을 눈치채지 못한 채 움직이기 시작했다.

예약도 하지 않았지만 평일 부산행 여객기는 으레 텅텅 비어 있었기에 즉석에서 자리를 구하는 건 어렵지 않아서, 김철수는 자신의 신분을 밝히지 않고도 비행기에 올라탈 수 있었다.

다만, 그런 만큼 부산행 비행기의 간격은 띄엄띄엄해서 비행기가 출발하려면 아직 30분이나 남아 있었다.

아무리 천하의 안기부라 할지라도 이런 일에 '전용기'를 대절해 줄 리 없으니 김철수의 초조한 기분은 그것과 무관하지 않을 것이다.

부산에 도착하면 오후 6시.

빠르게 밟으면 회담 시간까지 아슬아슬하게 도착할 수도 있으리라.

하지만 시간에 맞춰 도착하는 것이 중요한 게 아니다.

그에게는 상황을 통제하고 조율할 절대적 시간이 부족했다.

'……젠장.'

김철수는 손톱을 물어뜯으며 비행기에 올라타기 직전 석동출과 통화한 내용을 떠올렸다.

「시간을 더 끌 수는 없었습니까?」

「사건이 있기 전, 서동호가 먼저 소집이 필요하다는 말을 꺼내서요. 이미 그러자고 합의가 이루어진 마당에 더는 지체할 수가 없었습니다.」

미루고 미뤄 간신히 잡아낸 것이 오후 8시라는 뜻이었다.

'어디서부터 잘못된 거지?'

……이건 당초 예정에서 어긋나도 단단히 어긋난 일이었다.

'원래'는 이래선 안 됐다.

봉식이파와 파라솔파에 갈등은 있을지언정 물리적 충돌은 있어서는 안 됐고, 그 일로 사람이 죽는 경우는 더더욱.

아니 애당초 김철수 본인부터가 부산을 떠나와선 안 됐다.

'어디서부터 잘못된 걸까……'

만약 자신이 부산을 떠나지 않고 그 자리를 지키고 있었더라면 이번 일에도 보다 유연성 있게, 능동적으로 대처할 수 있지 않았을까.

그가 이변을 눈치챈 건, 〈먼나라 이웃사촌〉의 장여옥 특집 방송을 보면서였다.

김철수가 알던 것과 달리, 장여옥의 식사 장면이 편집되는 일 없이 그대로 방송을 탔다.

설마 이성진이 뭔가를 한 것일까?

김철수는 그 '사소한 차이'에 위화감을 느끼곤 곧장 서울로 올라왔던 것이다.

'그게 별일이 아니었을 리가……'

'그 사람'은 고작 그런 일, 문제 삼을 것이 없다고 했지만, 아니 그렇게 따지면 서울에서 있었던 일도 마찬가지.

도깨비 신문의 김기환이 어젯밤 괴한의 습격을 받은 일, 그리고 일산출판사에서 강하윤 형사 등과 마주친 일 등도 예정에 없던 일이었다.

그건 자신이 부산에 있어도 일어났을 '예정'에 없던 일일 것이다.

이래서야 뭐가 예정대로고, 뭐가 변수일지도 분간이 가질 않는다.

계획은 이미 완벽에서 멀어졌다.

'내가 잘못한 건가? 아니면 내가 모르는 곳에서 뭔가가 틀어지기 시작했나?'

완벽이란 사소한 흠결 하나만으로도 그 가치가 퇴색하고 마는 것인데, 지금 나타난 변수는 김철수가 통제할 수 없는 범위의 일이었다.

"실례하겠습니다. 창가 쪽이 제 자리여서."

초조한 기분으로 이륙을 기다리는 김철수 앞에 사내가 섰다.

"아, 예."

김철수는 창가 자리를 내주며 표정을 관리했다.

'그래, 웃어야지.'

김철수는 남들에게 항상 그러듯 감정이 실리지 않은 얼굴로 빙긋 웃어 보였다.

기분 탓일지도 모르겠지만, 석동출은 수화기 너머 오명태가 내심 안도하는 듯하다고 생각했다.

―그러면 저는 회담에 참석하지 않아도 되는 겁니까?

"예. 이번 일은 어디까지나 부산 조폭 연합 내부의 일이니까요."

그가 연합에 얼마나 큰 거래를 가져왔건, 엄밀히 말해 오명태는 부외자, 그가 이번 회담에 참석할 까닭은 없었다.

-알겠습니다. 그러면 몸조심하십시오.

오명태의 당부를 들으며 전화를 끊은 석동출은 한숨을 내쉬었다.

'나 원, 작전 종료도 얼마 남지 않았는데 이런 일이 터져서는.'

이러니저러니 해도 석동출은 결국 터질 것이 터지고 말았단 생각이 들었다.

저번 회담 때만 하더라도 서동호와 양필두는 좌중은 아랑곳하지 않으며 날을 세워 댔으니, 결국 그 임계점이 폭발하고 만 것이리라.

'그래도 이번 회담만 어떻게 잘 마무리하면……'

김철수도 부산에 내려오겠다는 말을 했지만, 그가 언제쯤 여기 올지는 알 수 없다.

여차하면 자신이 임기응변을 발휘해 둘 사이를 중재해야 할 것이라고, 석동출은 마음을 다잡았다.

"무슨 일이 생겼소?"

자신을 부르는 소리에 석동출은 고개를 돌렸다.

"혹시 도와드릴 일이 있으면 도와드리리다."

마순태.

석동출이 위장 신분을 이용하고 있는 마동철의 숙부이자

한때의 거물.

한창때야 한가락 했다는 소문이 자자한 양반이었지만, 지금은 안기부의 끄나풀로 전락하고 만 사람.

석동출은 그런 마순태를 볼 때면 경멸하는 기분이 이는 걸 억누르기가 힘들었다.

아마 그 경멸은 그에게서 언뜻 자신의 모습을 비쳐보기 시작했기 때문에 생겨난 감정은 아닐까.

자신도 그처럼, 지금은 안기부의 꼭두각시로 전락하고 만 인생이니까.

'……아니, 나는 저 인간과 다르다.'

애써 속으로 부정한 석동출은 마순태를 향한 자신의 감정이 전달되지는 않도록 신경 쓰며 말을 받았다.

"아뇨, 신경 쓰실 것 없습니다."

"그런가. 듣기로는 꽤 분주하던걸."

"……."

평생 깡패 짓만 하던 인간이 이제 와서 뭔가 깨달은 현자인 양 설쳐 대는 모습도 보고 싶지가 않다.

부웅─.

때마침 핸드폰이 울려 석동출은 자리를 벗어날 빌미를 찾았다.

"잠시 실례하겠습니다."

"……그러시오, 그럼."

마순태는 다시 자신의 방을 향해 비척거리는 발걸음을 옮겼다.

"……."

이거, 어쩌면 얹혀사는 주제에 너무 단호했는지도 모르겠군.

정원으로 나온 석동출은 곧장 전화를 받았다.

"여보세요."

―아, 접니다. 김강철. 통화 괜찮습니까?

누군가 했더니 김강철이었다.

석동출은 괜스레 주위를 둘러보고 아무도 듣는 이가 없는 걸 확인한 뒤에 말을 받았다.

"예, 괜찮습니다. 김 형사님, 무슨 일이십니까?"

김 형사라고 지칭했으니 그는 자신이 지금 혼자 있다는 걸 알아줄 것이다.

―……그게, 괜찮으면 잠시 좀 볼 수 있겠소?

"……지금요?"

―예, 지금. 마침 거기로 가고 있으니 얼굴이라도 함 보입시다.

몇 시간 뒤 회담을 앞두고 경찰을 만나도 괜찮을지, 석동출은 걱정이 앞섰다.

"중요한 일입니까?"

―으음, 중요하다면 중요한 일이고……. 아, 잠시만 기다려 주십쇼.

수화기 너머로 부시럭거리는 소리가 들리더니 굵직한 남

자 목소리가 들렸다.

―여보세요.

그 목소리에 석동출은 경계하며 대답했다.

"……예. 누구십니까?"

―나, 광수대 정진건 형사요.

"……."

생각도 못한 상대의 자기소개에 석동출은 하마터면 헛숨을 들이켤 뻔했다.

짧은 침묵 뒤 수화기 너머 정진건이 말을 이었다.

―오랜만입니다. 그간 별일 없으셨습니까?

"……예."

별일 없지는 않지만 정진건도, 석동출도 그게 피차 관습을 따라 던진 인사말에 불과하다는 건 잘 알고 있었다.

―꽤 바쁘단 건 알지만 한번 얼굴이라도 봤으면 해서요.

"저는, 그게……."

김철수의 허락이 없으면 안 된다고 말하려던 석동출은 자신도 모르게 물었다.

"……부산에는 혼자 오셨습니까?"

―아니.

응? 그렇다는 건?

―박순길 형사랑 함께 내려왔소.

"그러십니까……."

강하윤이 여기 없다는 것에 석동출은 안도했다가 안도하고만 스스로에게 놀랐다.

"알겠습니다."

대답이 자연스럽게 흘러나왔다.

"김강철 형사님께 늘 보던 곳에서 뵙자고 전해주십시오."

ㅡ좋소. 그러면 나중에 봅시다.

통화를 마친 석동출은 전화를 끊고도 그 자리에 한동안 가만히 서 있었다.

'그를…… 만나도 괜찮을까.'

그래, 정진건은 이미 김강철 형사에게 이야기를 들었을 것이다.

그런 마당에 그를 계속 피해 다닐 수도 없는 노릇이니, 언젠가는 마주할 일이라고 생각했다.

석동출은 자신의 선택에 따른 이유를 뒤늦게 가져다 붙이며 저택으로 돌아갔다.

석동출은 마순태의 방문을 노크했다.

"마 회장님, 나갔다가 오겠습니다."

달각 문이 열리고 마순태가 모습을 드러냈다.

"나가시오?"

"예……. 늦게 돌아올 것 같으니 기다리실 필요는 없을 듯합니다."

"음."

마순태가 고개를 끄덕였다.

"그러시오, 그럼."

"예. 그럼……."

"아, 석 형사."

마순태의 목소리가 돌아서려는 석동출을 붙들었다.

"예?"

"몸조심하시오."

"……."

석동출은 그에게 대답 대신 고개를 꾸벅 숙여 보인 뒤 발걸음을 옮겼다.

마순태의 저택을 나온 석동출은 차를 몰아 한적한 공터로 향했다.

멤버들이 모두 모일 때면 호텔 방을 이용하거나 하지만, 김강철과 단둘이서 만날 일이 있으면 인적 드문 공터를 이용하고는 했다.

경력이며 출신은 다르지만 전직 형사여서 그런 걸까, 석동출은 작전 멤버들 중 김강철에게 그나마 가장 마음을 터놓고 있었다.

그도 그럴 것이 김철수는 평소 어디에서 뭘 하는지도 모르는 데다가 오명태는 창원에 가정이 있는 남자였다.

김강철 역시도 석동출을 썩 마음에 들어 하는 눈치여서, 부산에 남아 있는 두 사람은 작전 회의를 빌미로 그들만 종종 만나곤 했다.

석동출이 왔을 때 두 사람은 이미 공터에 도착해 있었다.

공터에 적당히 차를 댄 뒤, 석동출은 정진건과 눈인사를 주고받았다.

"정 형사님, 오랜만입니다."

"음."

정진건이 고개를 끄덕였다.

"몇 달 전에 보고 마지막이니……."

"예."

둘 사이에 낀 김강철은 '어라, 별로 안 친한가?' 하고 생각하며 고개를 갸웃했다.

그도 그럴 것이, 두 사람 사이에는 예전 직장 동료끼리의 유대보단 묘한 긴장감마저 감돌았으니까.

정진건이 먼저 입을 뗐다.

"여기서는 마동철로 불린다고 들었소."

"예."

"서울에 있는 마동철 씨에게는 걱정할 것 없다고 말해 둬야겠군."

"……김강철 형사님께 들었습니다만, 아는 사이셨습니까?"

"음. 한 다리 건너서 아는 사이지만."

"그러셨군요."

그리고 다시 침묵.

왠지 모르게 낄 분위기가 아니라고 생각한 김강철은 자리를 비켜 줄까, 생각하며 입을 뗐다.

"저, 그러면 저는 저기서 담배나 한 대 태우고 있겠습니다."

두 사람은 말리지도 않았다.

김강철이 둘을 의식해서 거리를 두자 석동출이 물었다.

"요즘 광수대는 좀 어떻습니까?"

"……꽤 바쁘지. 소문을 들었는지는 모르겠지만 압수 수색에 들어간 신진물산에서 이렇다 할 것이 나오질 않아서."

"그랬군요."

"그런 마당이니 좀 도와주시려오?"

그 어색한 농담에 석동출은 대답 대신 질문했다.

"강하윤 형사님은 잘 계십니까?"

"음. 뭐."

정진건은 그가 혹시 강하윤을 마음에 들어 하고 있나, 생각했다가 속으로 쓴웃음을 지었다.

아무리 한창때 남녀라지만 뭐든 연애사로 엮는 건 좋지 않다.

'박순길 형사에게 옮은 모양이군.'

정진건은 문득 생각난 김에 말했다.

"아, 여진환 형사……가 얼마 전 우리 팀에 합류했소. 들으니 아는 사이라던데."

그 말에 석동출이 눈을 동그랗게 떴다.

"진환이가요? 그러잖아도 특진을 한다는 이야기는 들었습니다만 정 형사님 팀에 들어갔을 줄은……."

말끝을 흐린 석동출이 머리를 긁적였다.

"아, 진환이랑은 고등학교 선후배 사이입니다."

"걱정이 이만저만이 아니던데. 언제 한번 전화나 주시오."

"그러겠습니다."

그 뒤에 '이 일이 끝나면' 이라는 말이 생략되었다는 건 두 사람 모두 잘 알았다.

"좋소."

정진건이 어조를 고쳐 물었다.

"석동출 씨는 지금 안기부랑 일하고 있는 중이라고 들었소만?"

"예, 그렇게 됐습니다."

"언제부터요?"

정진건이 잠시 뜸을 들인 뒤 말을 이었다.

"조설훈이 죽기 전? 아니면 죽고 나서?"

그 질문에 석동출은 주먹을 꾹 쥐었다.

쥔 주먹 사이에 밴 식은땀의 축축함이 느껴졌다.

"……거의 그쯤이었습니다."

정진건은 고개를 끄덕인 뒤, 석동출을 물끄러미 쳐다보았다.

"그가 조설훈을 죽인 거요?"

"……."

석동출은 한 차례 숨을 고른 뒤 대답했다.

"예."

"……그랬군."

"……."

"왜?"

"그럴 수밖에 없는 상황이었습니다."

석동출은 그게 구차한 변명에 불과하다는 걸 알면서도 대답을 이어 갔다.

"도착했을 때 선배님……. 아니, 배성준 형사는 이미 총에 맞아 중태였고, 조설훈은 조지훈을 죽인 상태였습니다."

"거기서 죽은 사람은 두 사람 더 있었을 텐데."

"그들도 사망한 상태였습니다."

"……좋소. 그럼 그때 조설훈이 저항을 한 탓에 그를 쏠 수밖에 없었던 거요?"

이는 의도적으로 약간의 함정을 판 질문이었다.

양상춘은 조설훈이 현장에서 '처형'되었을 거라는 소견을 내놓았다.

즉, 조설훈은 당시 무력했고, 저항할 수 없는 상황이었다.

하지만 석동출은 정진건의 함정에 빠지지 않았다.

"그건 아닙니다. 조설훈을 제압한 상황에…… 요원이 조설훈을 총으로 쏘았습니다."

아니 정확히 말하자면 굳이 함정을 팔 것도 없이, 그는 이미 진실을 말하고자 마음먹고 있었던 것이리라.

"그렇군. 그러면 그…… 아니, 그녀인가?"

"그로 충분합니다."

"어쨌거나 그는 왜 그랬소? 그리고 석동출 씨는 그를 말릴 수 없었던 거요?"

취조를 받는 기분에 석동출이 입술을 잘근 씹었다.

"말릴…… 겨를이 없었다고 하기보단 저도 그러고 싶지 않았습니다."

이 자리에서 살인 방조를 고백할 필요는 없는데.

'별로 듣고 싶지 않은 말을 들었군.'

정진건은 내심 쓴웃음을 지으며 석동출을 보았다.

"그가 배성준 형사를 살해했을 뿐만 아니라 친동생까지 죽인 극악무도한 악인이어서 그랬나?"

"……"

석동출이 담담하지만 힘이 실린 어조로 입을 뗐다.

"예. 그런 자는 살아 있으면 악행을 더 이어 갔을 겁니다."

그 열의에 정진건은 뒷걸음질을 칠 뻔한 걸 참고 담담히 따졌다.

"공무원에 존속살해까지 했으면 평생을 감옥에서 썩을 텐데? 다른 사람도 아니고 당시 김보성 검사라면, 설령 천하의 조설훈이 상대라 할지라도 최대한의 형량을 끌어낼 수 있었을 거요."

석동출이 고개를 저었다.

"아뇨. 명령 같은 건, 살아 있는 한 감옥에서도 내릴 수 있죠. 그는 이후로도 악행을 이어 갔을 겁니다."

"……무슨 의미인가?"

"조설훈은 동생을 죽이고 난 뒤 다음 타깃으로 이성진을 고려 중이었습니다."

조설훈이 이성진을? 대체 왜?

문득, 정진건은 얼마 전, 배성준의 핸드폰에서 그가 마지막으로 발신했던 메시지의 초성을 떠올렸다.

—ㅇㅅㅈ

정진건이 눈을 매섭게 뜨며 석동출을 보았다.

"지금 대체……."

부우웅—!

그리고 그때, 그들이 있는 공터로 차 한 대가 거칠게 들어왔다.

"가네모토 상."

김갑일은 자신을 부르는 목소리에 눈을 떴다.

"응?"

"정 형사랑 김 형사가 움직이기 시작했답니다."

김갑일은 하품을 하면서 기지개 켠 뒤 입안을 쩝쩝 다셨다.

"그 두 사람이 움직이기 시작했다고?"

"예. 계속 쫓으라고 할까요?"

형사 두 사람이 합류해서 어디로 향하는 거지?

'누군가, 만날 사람이 있나?'

잠이 덜 깬 멍한 머리로 사고하기는 쉽지 않았다.

김갑일은 조금 더 시간을 들여 생각했다.

'마동철을 만나러 가나?'

김갑일 역시도 부산에 잠복한 부하로부터 김강철이 마동철과 자주 만나더란 보고는 전해 들었던 바였다.

부산 조폭 연합의 수장과 경찰이 긴밀한 관계를 맺고 있다?

'그리고 아가씨 말씀엔 부산에 있는 마동철은 마동철이 아닐 거라고도 하셨지.'

실제 '마순태의 조카 마동철'이라는 인물은 SJ엔터테인먼트의 전무 직함을 달고서 서울에 있었다.

그러면 부산 조폭 연합 수장으로 있는 마동철은 도대체 누구인가?

그를 사칭하면서도 마순태의 집에 거주하는 것이 가능하려면…….

김갑일은 이런저런 상황을 종합해 '부산에 있는 마동철'은 어쨌건 마순태의 동의를 얻어 그 행세를 하고 있는 인물일 것이라 생각했다.

'그리고 지금으로서는 그게 석동출일 가능성도…….'

잠이 부족해서 그런지 머리가 지끈거렸다.

김갑일은 손목시계로 시간을 확인했다.

'어쨌거나 회담까지는 아직 시간이 있으니…….'

저들에게는 이번 회담이 중요할지 모르나, 김갑일에게 그건 우선순위가 아니었다.

부산 조폭들이 지지고 볶고 싸우건 말건, 그건 김갑일이 알 바 아니었으니까.

'그래도 덕분에 놈을 끌어낼 수 있었으니, 무의미한 일은 아니었어.'

그래, 이를테면 동굴 앞에 연기를 피워 짐승을 끄집어 내는 것처럼.

'그러면 다음은 사냥꾼 차례지.'

김갑일은 지금, 이제는 자신이 직접 움직일 때라고 생각했다.

"아니 우리가 직접 가지."

"예?"

부하의 질문에 김갑일이 눈살을 찌푸렸다.

부하는 아는 게 적을수록 좋은 법이다. 그래야 만에 하나의 일이 터져도 발뺌을 할 여지가 생기는 법이니까.

아마 부하들은 김갑일이 여기 온 정확한 목적도 모르고 있으리라.

'잡생각이 길었군.'

이건 잠이 부족해서다.

"운전해."

"알겠습니다."

김갑일의 명령조에 부하는 곧장 차를 몰았다.

김갑일은 가만히 유리창 뒤로 스치는 풍경을 보며 생각했다.

'그런데 만약 그가 석동출이라면, 나는 어떻게 움직여야 하는 거지?'

김갑일을 신뢰하는 '아가씨'는 그에게 현장 판단을 우선시하라고 했지만, 지금은 졸린 기운 때문인지 영 머리가 돌아가질 않았다.

'일단 아가씨께 보고를 드린 후 어떻게 하면 좋을지 지시를 받아야겠군.'

김갑일은 핸드폰을 꺼냈다.

차가 멈춰서고 운전석에서 한 사람, 조수석에서 한 사람, 뒷좌석에서 또 한 사람, 도합 세 사람이 내렸다.

그중 뒷좌석에서 내린 정장 차림의 남자, 김갑일이 천천히 앞으로 나서며 입을 뗐다.

"마동철 씨, 모시러 왔습니다."

정진건이 앞으로 나섰다.

"누구십니까?"

물론 김갑일은 그 질문을 던진 상대가 정진건임을 알아보았지만.

"……그러시는 그쪽은?"

일부러 그렇게 물었다.

'조직'과 관계된 일에 경찰 신분을 드러내서는 안 될 테니, 일치감치 그 개입 가능성을 차단한 것이다.

그 질문에 정진건은 가만히 김갑일을 노려보다가 석동출을 보았다.

"가 보시오."

석동출은 짧게 고개를 끄덕이곤 앞으로 나섰다.

"누구십니까?"

"실례했습니다. 저는 양필두 회장님 밑에 있는 사람입니다."

석동출은 김갑일의 태연한 거짓말을 의심하는 대신, 다른 의미로 눈살을 찌푸렸다.

"양 회장님 부하가 저한테는 무슨 볼일입니까?"

그것도 회담 전에.

김갑일은 태연하게 시치미를 뗐다.

"저는 모셔 오라고 들었을 뿐, 아무것도 모릅니다. 제 생각에는 아마 회담 전에……."

일부러 말끝을 흐린 김갑일은 그러면서 의식적으로 김강철과 정진건을 보았다.

"그런데 저 두 분은요?"

"그냥 아는 사람입니다."

석동출은 그(김갑일)가 섣불리 오해하기 전에 덧붙였다.

"오늘 있었던 일이랑은 특히 무관하고. ……아니면 혹시 내 사생활을 일일이 말씀드려야 합니까?"

"당치도 않습니다."

김갑일이 손사래를 쳤다.

"다만 회장님께서는 가능하면 회담 전에 객관적인 사실 몇 가지 정도는 알아 두셔야 한다고 생각하셨을 뿐입니다."

객관적인 사실이라.

그게 누구에게 유리한 객관적 진실일지는 듣지 않아도 뻔했지만.

'양필두도 꽤 유능한 부하를 두고 있군.'

만나 본 적은 없지만, 양필두에게는 그가 차기 후계자로 점찍어 놓은 유능한 부하가 있다고 했다.

아마 눈앞의 사내가 그 유능한 부하는 아닐까.

'곤란하게 됐어.'

석동출은 양필두가 부하를 통해 '마동철이 회담 전에 사적으로 누군가를 만나고 있었다'는 내용을 전달하지 않도록 하기 위해서라도 그를 따라 가야겠다고 생각했다.

"그렇게 됐으니······."

석동출의 시선에 정진건은 마지못해 고개를 끄덕였다.

"일단은 그렇게 합시다."

"······나중에 연락드리겠습니다."

"기다리겠소."

석동출이 자신의 차로 발걸음을 옮겼다.

"앞장서시오."

이왕이면 이쪽에 같이 타고 가 주었으면 좋았으련만.

뭐, 그래도 어차피 이조차 '아가씨'가 예상한 상정 범위 내의 일이었다.

"그럼 따라와 주십시오."

김갑일과 부하들은 석동출이 차에 올라타길 기다렸다가 각각 차에 올라탄 뒤, 천천히 차를 몰았다.

석동출까지 떠난 뒤, 김강철이 정진건을 보았다.

"나 참, 저 친구도 지금 자리가 자리다 보니……. 그런데 무슨 이야기 중이셨습니까?"

"……몰라도 돼. 아니 지금은 모르는 게 좋아."

"그렇습니까."

안기부랑 일하는 것도 털어놓은 마당에 조금 서운하기는 했지만, 그렇게 따지면 자신도 앞서 정진건에게 거짓말을 했으니…….

'쌤쌤이로 칠까.'

또, 그러면 나중에 말해 줄 것 같고.

석동출이 탄 차를 인적이 드문 장소로 유인한 김갑일이 차에서 내렸다.

"예, 아가씨. 그러면 확보가 끝나는 대로 서울로 데려가겠습니다."

김갑일은 전화를 끊고 핸드폰을 안주머니에 넣었다.

꽤 거리를 두고 선 석동출의 차로 다가간 김갑일은 운전석 유리창을 손가락 마디로 퉁퉁 두드렸고, 석동출은 차에 탄 채로 창문만 내렸다.

"내리시죠."

김갑일의 말에 석동출이 경계하며 물었다.

"양 회장님은?"

"여기서 기다리다 보면 오실 겁니다."

"그러면 차에서 기다리죠."

"……."

이거 참, 이제 다 왔는데 여기서…….

조금 조바심이 났지만, 그도 여기까지 와서 일을 그르치고 싶지는 않았다.

'정말이지, 다 때려치우고 잠이나 푹 좀 잤으면 좋겠는데.'

잠시 생각하던 김갑일이 그에게 말했다.

"그러면 저도 타고 있어도 되겠습니까?"

"예?"

"회장님이 오시기 전, 잠깐 제가 아는 걸 말씀드렸으면 해서요."

망설이던 석동출이 잠금을 풀었다.

"감사합니다."

김갑일이 옆으로 돌아 조수석에 올라탔다.

"그럼."

김갑일은 즉시 품에서 총을 꺼내 석동출에게 겨눴다.

"뭐……."

소스라치게 놀란 석동출에게 김갑일이 나직이 말했다.

"움직이지 마. 고개 가만히."

사실, 그가 겨누고 있는 건 한국에서 쉽게 구한 모형 총이었다.

　장난감 총에 이렇다 할 규제가 없는 대한민국에서는 실물과 꼭 닮은 모형을 구하기란 어렵지 않았다.

　물론 자세히 본다면 가짜 총인 게 탄로 날 테지만, 자세히 보지 않도록 하면 문제 될 것 없다.

　'진짜 총을 구하지 못한 건 아니지만, 만에 하나 수색이라도 당하면 얄짤 없으니 이러는 것뿐이야.'

　석동출의 떨리는 목소리가 김갑일의 불필요한 상념을 날렸다.

　"……지금 뭐 하는 겁니까?"

　실제로 총기를 겪어 본, 심지어 다리에 총상까지 입은 적 있던 석동출은 보통 이상으로 놀란 눈치였다.

　"천천히, 핸들에서 손 떼."

　석동출은 입안이 바짝 마르는 걸 느끼며 운전대에서 손을 뗐다.

　"설마 양 회장은 지금 전쟁을 바라는 건가?"

　"모르지. 내 알 바도 아니고."

　"뭐?"

　"나는 어디까지나 석동출 씨, 당신을 데려오란 명령을 받았을 뿐이다."

　"……."

그는, 자신을 석동출이라고 불렀다.

"나를 아나?"

"몰라. 하지만 내 상사는 당신을 궁금해하더군."

"누구?"

"양 회장은 아니야. 뭐, 어차피 시간은 많으니까 나중에 천천히 대화를 나눠 보자고."

"……."

흠, 쓸데없는 말이 많았던 것 같다.

'잠이 덜 깬 건가.'

김갑일은 속으로 픽 웃으며 운전석 쪽 열쇠로 손을 가져갔다.

한편 이 순간, 석동출은 전에 없이 머리가 팽팽 돌아가기 시작했다.

'양 회장이 아닌, 저자의 상사가 자신을 궁금해한다고?'

그것도 '부산 조폭 연합 수장 마동철'이 아닌 '전직 형사 석동출'에게 용건이 있는 상사.

'내게 물어볼 것이 많은 상사라. 당장 짐작은 안 가지만…….'

어쨌건 그 말인 즉, 저자의 임무는 자신을 살려서 데려가는 것이란 의미였다.

석동출은 지금, 저 총은 발사되지 않는다는 것에 걸어 보기로 했다.

석동출은 오른발을 쭉 뻗어 최대한도로 액셀러레이터를 밟았다.

부웅—!

'부산 조폭 연합 수장 마동철'에게 주어진, 마순태가 아끼던 애마가 거친 엔진음을 내며 순식간에 가속했다.

"なに?"

김갑일은 말 그대로 아차하는 순간 몸의 균형이 무너졌고, 석동출은 액셀러레이터에서 발을 떼지 않은 채 그 손에 들린 권총을 쥐고 엎치락뒤치락 짧은 시간 몸싸움을 했다.

'일본어? 어라, 가짜?'

총에서 느껴지는 무게감이 남다른데…….

쾅!

그 순간 석동출이 모는 차가 앞에 주차되어 있던 차를 비스듬히 들이받았고, 석동출은 벨트로 매어 둔 갈비뼈가 으스러지는 기분을 느꼈다.

다행히, 그 아픔은 직후 터진 에어백에 완화되며 석동출은 머리를 푹신한 쿠션에 묻었다.

하지만 조수석에 앉아 있던 김갑일은 불행히도 유리창을 깨부수며 튕겨 날아가고 말았다.

푸쉬이.

찌그러진 보닛에서 연기가 피어올랐다.

"으으……."

간신히 벨트를 푼 석동출은 온몸에서 격통을 느끼며 운전석에서 빠져나왔다.

귀에서는 삐이— 하고 이명이 울렸고, 오래 전 다리에 맞은 총상이 욱신거리는 기분마저 들었다.

그 소란에 앞차에 타고 있던, 몸을 겨눌 수 있을 만한 상태의 부하들이 차에서 기어 나오는 모습이 보였다.

'아, 맞다. 부하들이 있었지.'

이래서야 도망갈 수나 있나?

석동출은 멍한 머리로 사고하며 몸을 움직였다.

그 앞에, 차 한 대가 급하게 멈춰서며 남자들이 내렸다.

아마 자신의 차를 두고서 앞뒤로 샌드위치처럼 따라오던 놈들인 듯했다.

그들은 석동출을 보며 무어라 외쳐 대더니, 그중 한 놈이 총을 꺼냈다.

석동출은 그게 진짜인지, 아니면 가짜인지 모르겠다고 생각하면서 반사적으로 손을 들었다.

"응?"

그러자 저쪽은 되레 총을 겨눴다.

"아."

깨닫고 보니 아까 전 남자(김갑일)에게서 빼앗은 모형총이 어느 순간엔가 손에 들려 있었다.

"씁, 망했네."

탕─!

이번엔 진짜인가?

석동출은 그렇게 생각하며 풀썩, 바닥에 고꾸라졌다.

'크리스와 상담할 것도 있으니, 오늘은 좀 일찍 퇴근을 해 봐야겠군. 그러잖아도 안형욱이 크리스와 한번 만나 보고 싶다는 요청도 했으니……'

나는 크리스에게 전화를 걸었다.

─여보세요.

크리스는 꽤 오랜 신호음이 간 뒤에 내 전화를 받았다.

"아, 나다. 이성진."

─무슨 일이냐?

순식간에 녀석의 목소리 톤이 낮아졌다.

"몇 가지 통보할 게 있어서. 오늘 시간 좀 되냐?"

─안 그래도 지금 우리…… 아니, 너희 집이야.

"우리 집? 우리 집에 네가 왜?"

─잊었냐? 이제부터 객식구로 있을 거잖아. 당장 내일부터 초등학교 등교니까 오늘부로 이사를 했지.

그게 오늘이었나?

어쨌거나 내 행선지를 이리저리 꼬아 댈 필요가 없어졌다는 건 마음에 들었다.

"알았어. 그러면 이제 집에 갈 테니까 집에서 보자."

―그래. 얼른 와서 쌍둥이들 좀 돌봐라. 왜 이렇게 치근거리는지 원…….

나는 전화를 끊으며 크리스의 구시렁거림을 차단했다.

'흠, 오늘부터 크리스 녀석과 동거가 시작되는 건가?'

뭐, 나야 중학교에 들어가면서부터는 그 저택을 나와 회사 근처에 잡아 둔 집에서 살 예정이니 그렇게 오랫동안 부대낄 일은 없지만.

'그러고 보니 장건후는 잘하고 있는지 몰라.'

어려운 일도 아니고 심부름만 하면 끝날 일이니 실패할 것도 없겠지만 무소식이 희소식이라고, 나는 별 걱정 않기로 했다.

나는 적당히 짐을 챙겨 사장실을 나섰다.

"먼저 퇴근해 보겠습니다."

"아, 네. 수고하셨습니다."

전예은의 인사를 받으며 물었다.

"이찬 씨는 복귀했나요?"

"네. 그래도 우선 연락은 해 두겠습니다."

"부탁하죠. 수고하세요."

나는 주차장으로 향해 전예은에게 내가 퇴근한다는 연락을 받고 대기 중인 강이찬의 차에 올라탔다.

"퇴근하십니까?"

"네. 곧장 집으로 가 주세요."

"알겠습니다."

강이찬은 부드럽게 차를 몰았다.

나는 아무렇지도 않은 척 강이찬에게 슬쩍 물었다.

"아, 그리고 보니 안형욱 씨는 잘 바래다주셨어요?"

"예."

"어땠나요?"

강이찬이 쓴웃음을 지었다.

"별 다른 말씀은 없으셨습니다. 그냥…… 행선지를 말씀하신 뒤론 계속 주무시더군요."

"……그래요?"

"그래서인지는 모르지만 내리실 때 덕분에 잘 잤다는 말씀을 해 주시긴 했습니다."

안형욱은 의외로 평상시에는 맹한 사람이 아닐까.

"아, 그리고 '앞으로 잘 부탁한다'는 말씀도 하셨고요. 안형욱 씨와 나눈 대화는 그게 전부였습니다."

"그랬군요."

그가 했다는 '앞으로 잘 부탁한다'는 말도 흔한 인사치레에 불과해서, 나는 그쪽과 관련해선 별다른 성과 없이 대화를 마쳤다.

"그래도 사장님, 안형욱 씨가 그렇게 말씀하신 걸 보면 미팅이 잘 풀리셨던 모양입니다."

"예? 아, 그랬죠."

일단은.

"추후 일정을 맞춰 봐야겠지만 지금으로서는 꽤 낙관적이에요."

"잘됐군요. 축하드립니다."

"아뇨, 뭘요. 그렇다고 아직 마음을 놓긴 이르죠…… 그런데 이찬 씨가 그렇게 말씀하시는 걸 들으니 혹시 팬이셨어요?"

김승연에 대해서도 별말을 않던 강이찬의 말이니까.

"팬이라고 할 정도는 아닙니다만…… 그래도 안형욱이라고 하면 대한민국에서는 최고로 꼽는 배우니까요."

흠.

전생에도 안형욱이 대단한 배우, 국민 배우라 불린 인물이기는 하지만 그렇다고 '최고로 꼽는'이란 접두를 붙일 정도인가?

"그래서 저는 이번 일을 저희 회사가 본격적인 궤도에 올라 사람들의 인정을 받기 시작했다는 의미로 받아들였습니다."

내가 묘한 위화감을 느끼는 사이 강이찬은 그렇게 말을 이으며 그로서는 드물게 미소를 지었다.

"그렇군요."

나는 적당히 맞장구를 치며 등받이에 몸을 묻었다.

'아무래도 집에 가거든 안형욱이 출연한 영화를 한 편 정도는 봐 둬야겠어.'

전예은은 그중 〈헝그리 복서〉라는 작품을 추천했다.

집에 그 비디오나 필름이 있는지는 모르겠지만, 만일 있다면 한 번쯤 봐 둘까.

집에 도착하니 정말로 크리스가 있었다.

"안녕하세요, 오빠. 오늘부터 잘 부탁해요."

크리스는 미소 띤 얼굴로 나를 반겼고, 곁에 있던 사모가 기특하다는 듯 크리스의 머리를 쓰다듬었다.

"그래, 앞으로는 한 식구니까 친하게 지내렴. 아, 너희들 이미 친하지?"

"네, 사모님."

크리스는 방긋 웃으며 그렇게 말한 뒤, 내게 말했다.

"오빠, 집 안내 좀 해 주실래요?"

사모가 호호, 웃으며 끼어들었다.

"크리스도 참. 한 군이 해 준다는 걸 한사코 너에게 받겠다지 뭐니."

나는 크리스가 나와 단둘이 있을 적당한 구실을 잘 댔구나 생각하며 고개를 끄덕였다.

"네. 그러면 어머니, 그러면 짐부터 풀고 크리스한테 집 안내할게요."

"그러렴."

오늘부로 한 지붕 아래 살게 됐지만, 의외로 단둘이 있을 시간을 만들기는 어려울지도 모르겠다.

그렇게 사모가 떠나고 크리스와 단둘이 남게 되자, 크리스의 얼굴에서 순식간에 미소가 사라졌다.

"에휴, 이 짓도 힘들다."

"왜, 잘 어울리는데?"

"입 닥쳐."

우리는 화기애애한 대화를 주고받으며 내 방으로 발걸음을 옮겼다.

"그나저나 이성진, 나한테 통보할 게 있다더니, 뭐냐? 인도네시아에서 연락 왔어?"

"아니, 아직. 뭐, 딱히 보고를 하란 말은 안 하기도 했고…… 오히려 중요한 것처럼 말할수록 의심하지 않겠냐?"

"됐어. 그러면 그 건은 그렇다 치고, 달리 뭔데?"

나는 방문을 열며 대답했다.

"오늘 안형욱이랑 만났어."

"뭐? 안형욱이랑?"

"응."

나는 내 방에 따라 들어온 크리스를 물끄러미 쳐다보았다.

"옷 갈아입을 건데."

내 말에 크리스가 픽 웃었다.

"뭐, 새삼 내외하냐? 네 눈에도 내가 여자애로 보여?"

"······그것도 그러네."

애당초 나는 녀석이 전생에 남자였는지 여자였는지도 모르고, 내 몸도 어차피 초등학생이니.

'어차피 좀 본다고 닳는 것도 아니고.'

크리스를 앞에 두고 옷을 갈아입고 있으려니 크리스가 툭 말을 던졌다.

"너, 운동 하냐?"

"음. 만에 하나를 대비해서."

나도 내 몸을 초등학생 기준에는 꽤 탄탄한 몸이라고 생각했다.

"······그나저나 징그럽게 뭘 관찰하고 그래?"

"관찰은 무슨. 그냥 보여서 그랬을 뿐이야."

크리스가 말을 이었다.

"아무튼 아까 이야기로 돌아가서 안형욱은 왜?"

"천 실장이 그러던걸? 너 장여옥이랑 작품 한댔잖아. 거기에 안형욱을 끌어들이면 어떨까 해서."

"어······."

크리스가 당황했다.

"설마 그 이야기가 본격적으로 나온 거냐?"

"우리 회사 입장에서 이 기회를 놓치면 바보지. 무려 장여옥인걸."

나는 단추를 잠그며 대답을 이어 갔다.

"너도 해 보지 그래? 아까 보니까 연기도 잘하더구먼."

"쯥."

크리스가 혀를 찼다.

"나는 그럴 생각 없어. 남들 앞에 나서는 건 내 취향도 아니고…… 전생 말로는 뭐라더라? 관심종자였나? 나는 그런 것도 아니니까. 윤아름한테 시켜. 그때 그런 여지도 뒀으니까. 게다가 나보단 윤아름을 키우는 게 회사 입장에선 더 좋지 않겠냐?"

"뭐래, 어차피 바이올리니스트 지망이면서. 너도 대중 앞에 서는 건 예정된 일 아니냐?"

크리스가 코웃음을 쳤다.

"그건 어디까지나 상황을 이용한 거고."

즉, 크리스는 자신의 바이올린 재능을 남들 앞에서 뽐낼 생각이 없다는 의미였다.

"……그러면 장래엔 뭘 할 건데? 혹시 이대로 이 집에 빌붙을 생각이면……."

크리스가 픽 웃었다.

"걱정 마셔, 나도 이 가면놀음을 하는 건 꽤나 스트레스니까."

그런가? 그런 것치고는 꽤 즐기는 것처럼 보였는데.

크리스가 말을 이었다.

"그리고…… 그냥 살고자 한다면 뭐든 되겠지. 지식이 있으니까 나중에 비트코인만 잘 굴려도 일반 서민들은 엄두도 못 낼 향락을 누릴 정도는 벌 수 있을걸? 그 시드머니로 주식을 해도 요트 몇 대는 몰 수 있을 거고."

"……."

나는 그 인생 설계를 부정할 수가 없었지만, 그래도…….

크리스가 떨떠름해하는 얼굴로 말했다.

"걱정 마. 바이올린에 관해선 지금처럼 적당히 시늉은 낼 테니까. 오늘만 하더라도 사모님 앞에서 바이올린 연습은 실컷 해 뒀거든. 나도 이 인맥을 허투루 낭비할 생각은 없고…… 한탕 할 밑천을 만들기 전까진 나도 그럭저럭 은혜를 갚을 정도의 성과는 내며 지낼 거야."

크리스가 한숨을 내쉬었다.

"아무튼 나도 다 계획이 있으니까, 그런 쪽은 걱정할 거 없어."

"음…… 그런 거라면 영화 출연도 고려를 해 보면 어때?"

"끈질기긴."

급기야 크리스가 인상을 찌푸렸다.

"말했잖아. 나는 관심종자가 아니라고. 게다가 영화에 출연하는 거랑 클래식 바이올리니스트로 활동하는 건 주목도의 차이가 달라. 당장 너만 하더라도 전생에 기억나는 바이올리니스트 이름을 한 사람이라도 댈 수 있냐?"

"그건 아닌데……."

"그런 거야."

크리스가 내 말을 끊고 들어왔다.

"그리고 바이올리니스트로 활동할 거라면 딱히 대중들에게 얼굴을 팔 필요 없이 앨범만 내는 걸로도 족하고……. 아니 오히려 그게 더 좋을걸? 백 선생도 분명 내 의견에 동의할 거다."

하긴, 뛰어난 외모 때문에 실력이 평가절하되는 케이스는 드물지 않으니 크리스의 나이와 용모는 오히려 그 평가 받는 실력에 마이너스로 작용할지도 모를 일이다.

'그러고 보니까 나는 아직 이 녀석의 연주를 들어 본 적이 없군.'

천재 미소녀 바이올리니스트로 크리스를 팔아 볼까 생각했던 나로서는 조금 아쉽긴 한 이야기였다.

크리스가 나를 물끄러미 보았다.

"너, 설마 나를 천재 미소녀 바이올리니트스 같은 캐치프레이즈로 한몫 벌어 볼 생각이었냐?"

나는 속이 뜨끔한 한편, 그걸 본인 입으로 말하냐, 하는 생각도 들었다.

"왜, 너한테도 나쁜 이야기는 아니잖아. 네 말마따나 네 용모는 꽤 먹힐 만하고."

"……."

크리스는 잠시 뜸을 들인 뒤 입을 뗐다.

"두 번 말하지 않을 테니까 잘 들어. 나는 절대 대중들 앞에 모습을 드러내지 않을 거다."

"왜?"

"왜냐니……."

크리스가 진지한 눈빛으로 나를 보았다.

"줄곧 생각하던 거지만, 한성진, 너는 너무 조심성이 없어."

크리스는 나를 일부러 한성진이라고 불러 가며 힐난했다.

"왜, 지금 전생의 기억을 갖고서 이성진 몸으로 살고 있으니까, 세상의 주인공이라도 된 기분이냐? 마침 재벌가 도련님으로 태어났겠다, 세상에 불가능한 일이 없을 것 같지? 웃기고 있군."

……거, 말이 좀 심하네.

나는 꼬맹이를 상대로 언성을 높이는 건 어른스럽지 않은 일이라고 생각하는 한편, 이 녀석의 실체는 그렇지 않다는 걸 자각했다.

"그렇다고 한 적은 없어. 그런 것쯤은 나도 충분히 고려를……."

"없긴. 넌 이미 나이에 걸맞지 않은 성과를 올리고 있는데도? 아무리 천재라고 포장해도 거기엔 한계가 있기 마련이야."

"……."

"그래, 알아보니 꽤 거하게도 일을 저질러 왔더군. 성수대교 붕괴도 없던 일이 됐고, 삼풍백화점 피해도 최소한으로 그쳤어. 이 정도만 하더라도……."

흥분해서 쏘아붙이던 크리스는 말끝을 흐리곤 고개를 저었다.

"됐다. 이미 엎질러진 물이고, 지금은 나도 그 덕을 보고 있으니까……. 너는 너대로 이렇게 살도록 해."

지금 든 생각이지만 전생의 크리스는 살면서 '미안하다'는 말을 입에 담아 본 적이 손에 꼽힐 만한 인간이었을 거 같다.

'지금도 그녀 나름대로는 말이 심했다는 걸 자각하고 그쯤 하자는 말을 에둘러 표현한 것이겠지.'

나는 고개를 끄덕였다.

"……그래. 그러면 네 영화 출연은 없던 일로 할게."

"이제야 말이 통하는군."

"……."

말을 해도 꼭.

여자애만 아니었으면 한 대 때렸다.

"흠, 그러면 안형욱도 안 만나 볼 거냐?"

"엉? 내가 안형욱을 왜?"

"안형욱이 그러더라고. 너를 꼭 좀 봤으면 한다고."

크리스가 눈썹을 씰룩였다.

"……안형욱이? 나를?"

"응. 애당초 이 이야기를 너한테 한 이유가 그거였으니까."

"……."

"뭐, 그래도 네가 그렇게까지 거절하면 알아서 이유를 대고 거절할게."

"……."

크리스는 생각에 잠겨 내 말을 귓등으로 흘려들었다.

"크리스?"

"생각 중이니까, 좀 닥치고 있어."

"……."

그냥 때릴까? 나도 아직 초등학생인데.

한참 만에 크리스가 입을 뗐다.

"야, 이성진."

"뭐."

나도 모르게 조금 퉁명스러운 대답이 나왔다.

'그나저나 다시 이성진이라고 불러 주는군.'

크리스는 내 반응은 아랑곳하지도 않으며 말을 이었다.

"이 집에 안형욱 영화, 있냐?"

왠지 있을 거란 걸 확신하는 어투였다.

"아마, 있을걸. 사모가 안형욱 팬이니까."

"보러 가자. 이 집에 홈시어터 있지?"

"……응. 있어."

그나저나 그건 어떻게 알았대.

'사모한테 들었나?'

나는 그렇게 생각하며 크리스를 집 안 극장으로 안내했다.

'뭐, 나도 어차피 안형욱이 출연한 작품 하나쯤 봐 둘 생각이었고.'

전생에는 그럴듯한 홈시어터 하나 갖춰 보지 못한 나였건만, 이 집 안에는 벌써부터 별도의 방음 시설과 스크린을 갖춘 영화관이 있었다.

이는 당시부터 영화에 아마추어적인 취미를 갖춘 이태석의 취향 때문이기도 했는데, 이태석은 복잡한 일이 끝나면 종종 이 영화관에 틀어박혀 고전영화를 안주 삼아 위스키를 홀짝이기도 한 모양이었다.

다만 이 집에 얹혀살던 전생의 어릴 적에도 그 존재만 알고 있을 뿐, 여간해선 발걸음도 하지 않았던 기억 때문일까.

내게는 지금도 이 영화관이 이태석과 이휘철의 개인 서재나 이태석과 사모가 쓰는 안방처럼 어지간하면 그쪽 방향으로 발걸음을 하지 않는 장소이기도 했다.

'뭐, 거기엔 내 취향의 영화가 없어서이기도 하겠지만.'

저택 1층 외곽에 위치한 사모의—지금은 한성진 남매만 쓰지만, 앞으로는 크리스의 연습실로도 쓰이게 될—음악 연습실을 지나 복도를 쭉 걸어가면 지하로 내려가는 계단이 나오고, 그 계단 아래에 영화관이 있다.

크리스는 사전에 안내라도 받았는지 꽤 익숙한 듯 영화관으로 직행했다.

'전생의 나는 이 집의 구조에 익숙해지는 데 몇 주가 걸렸는데…… 어른과 애의 차이인가.'

어두컴컴한 필름 보관실의 전등을 켠 크리스는 이태석의 꼼꼼한 성격을 대변하듯 국가, 감독, 장르별로 분류된 영상 목록을 쭉 훑더니 거기서 안형욱의 작품만 모아 둔 섹션을 단박에 찾아냈다.

크리스가 고개를 돌리며 내게 물었다.

"뭘 볼까?"

"〈헝그리 복서〉는 어때? 비서가 추천해 줬거든."

"아, 그 여자애? 오래전 영화인데 보기완 달리 취미가 고상하군."

크리스는 칭찬인지 비아냥거림인지 모를 말을 중얼거리며 필름을 꺼냈다.

"본 적 있냐?"

"음. 뭐…… 전생에. 어쩌다 보니."

그렇게 따지면 너도 그렇지 않냐.

"그러면 안 본 영화로 하지 그래?"

"아니, 봤던 게 좋아."

크리스가 훅, 하고 먼지를 불었다.

"지금은."

"……그런데 필름이면 나, 틀 줄 모르는데."

비디오도 있다고 들었는데, 비디오는 없나?

비디오 쪽을 두리번거리고 있으려니 크리스가 말했다.

"내가 할 줄 알아."

"그러냐?"

어쩌면 전생의 녀석은 나보다 연상일지도 모르겠군.

크리스는 그런 내 생각을 읽기라도 했는지, 떨떠름해하는
얼굴로 대답했다.

"필름은 필름 나름의 맛이 있어서, 미래에도 굳이 이 방식
을 선호하는 사람이 있었거든. 그리고 너도 이성진 행세를
하려면 보고 배워 둬."

"……그런 게 중요한가?"

크리스는 내가 안내한 영사기를 만지작거리더니 필름을
설치하며 대답했다.

"이태석이 영화를 좋아했거든."

"……그렇지."

당연한 이야기지만 크리스는 그 이야기를 과거시제로 말
했다.

"……아마 이성진은 이태석에게서 이런 걸 배웠을 거야.
그러니 너도 고작 이런 괜한 부분에서 네 정체에 대한 의심

을 살 필요는 없을 거 아니냐?"

"……."

어째서인지는 모르나, 나는 이 순간 왠지 모르게 그녀의
모습에서 이성진을 비쳐 보고 있었다.

내가 이 집에 들어올 무렵부터는 하지 않게 된 모양이지만
전생의 이성진은 종종 이태석과 함께 이 영화관에서 시간을
보내기도 했던 모양이다.

그래서인지는 몰라도 내게도 이태석은 은근슬쩍 티를 내
며 '영화 보고 올게.' 하고 말을 하곤 했는데, 이태석의 그런
부성애가 조금 껄끄러웠던 나는 그 몸짓언어를 못 알아들은
척 하곤 했다.

그건 이태석 나름대로 부자간의 얼마 되지 않는 시간을 공
유하는 방법이었던 것은 아닐까, 싶기도 했지만 이성진의 몸
만을 빌렸을 뿐인 내게 이태석은 어떻게 해도 내 아버지라는
생각은 들지 않았다.

오히려 몇 년간 그와 한 지붕 아래서 함께 지내며 그를 대
하는 어색함이 조금 사라지고 난 뒤부터, 이태석은 내게 전
생에 느끼던 범접 못 할 어르신이라기보다는 비슷한 연배의
사업가 동지라는 감각이 더 진했다.

'뭐, 전생의 이성진도 그러지는 않았으니.'

한편 기분 탓인지는 모르지만 크리스의 옆얼굴에선 왠지
모를 회한이 언뜻 비치는 느낌이었다.

설치를 마친 크리스가 몸을 돌렸다.

"기억했어?"

"……아, 응. 대강."

"뭐, 어차피 극장용의 거창한 기기도 아니니까 그렇게 어렵지는 않을 거다만."

영사기가 제대로 돌아가는 걸 확인한 크리스가 발걸음을 옮겼다.

"됐으니 자리에 앉아."

"……아, 응. 그래."

내가 핸드폰을 끄고 자리에 앉자 크리스는 내 옆에 자리를 잡았다.

"어떤 영화야?"

내 질문에 크리스가 심드렁한 얼굴로 대답했다.

"그냥 오락 영화. 그 시대에 난립한 양산형 오락 영화 중 하나지."

"그래?"

"그땐 한국에서 한창 영화가 많이 만들어졌던 시기거든. 또, 그때 한국에서는 복싱이 한창때였고……. 그 붐에 편승해 만들어진 전형적인 시시한 오락 영화야."

"……음."

"어쨌건 안형욱이라는 배우가 그렇듯 맹숭맹숭하지. 나도 안형욱이 주연으로 나온 영화가 아니었으면 이걸 볼 일이 없었을 거야."

전예은은 나더러 무슨 희대의 명작쯤으로 소개했건만. 크리스의 평론은 신랄했다.

'그래도 그 말대로지.'

전생에도 안형욱은 국민 배우로 일컬어지는 위치에 있었고, 그 명성에 걸맞게 연기 실력도 뛰어난 편이었지만 나는 안형욱을 딱히 매력적인 배우라고 생각해 본 적은 없었다.

'그래서 이번에 사람들이 안형욱이 드라마에 출연한 것에 호들갑을 떠는 것도 좀……. 바이럴 마케팅인가 싶은 느낌이었고.'

뭐, 잠깐 나오다 마는 조연에 A급 배우가 캐스팅되었다면 이 시대에는 그것만으로도 화제가 되기는 하려나.

"그런데……."

"쉿, 시작한다."

"……."

아직 오프닝인데 뭘…….

나는 고개를 돌려 스크린을 보았다.

전생의 어느 주말 아침, 멍하니 TV를 보고 있을 때 '그땐 그랬지.' 하는 느낌의 자료 화면으로 짧게 지나간 내용을 본 기억이었다.

이 영화의 사전적 지식과 관한 전생의 내 기억에 의하면, 영화 〈헝그리 복서〉는 크리스의 말마따나 복싱이 붐일 때,

혹은 그 붐이 꺼져 가고 있을 무렵 제작된 영화라고.

'어쨌건 내가 태어나기도 전의 영화였지.'

그나저나 그런 낡은 옛날 영화를 꼭 봐야 하나?

딴청이라도 부릴까 하는 나와 달리 크리스는 영화에 완전히 몰입한 것처럼 뚫어져라 스크린을 보고 있었다.

'……뭐, 안형욱이랑 일을 하게 될지도 모르니, 그 데뷔작을 봐 둬서 나쁠 건 없겠지.'

그것도 감안해 일찍 퇴근한 것이기도 했고.

'그나저나 이 시기의 안형욱은 젊군. 사모가 팬인 걸 이해할 수 있을 정도로 잘생겼…….'

응?

나는 눈을 부비며 다시 영화를 보았다.

'이거…….'

물건인데?

영화에 관해선 문외한이나 다름없는 내 눈에도, 이 영화는 명작이었다.

'전예은이 추천한 이유를 알 것 같네.'

오래전 영화인 만큼 세련된 맛은 떨어졌지만 영상은 의외로 그 투박한 맛이 꽤 잘 살아 있었고, 특히 주역을 맡은 안형욱은 이게 이제 갓 아역 배우를 벗어난 배우의 연기라고는 믿기지 않을 만큼 일품이었다.

'안형욱이 이렇게 대단한 배우였나?'

이런 대단한 연기를 할 줄 아는 배우인 줄 알았더라면, 오늘 미팅에서의 내 대응도 달라졌을 거 같다.

'정말이지, 배우는 작품에 따라 이렇게나 달라지는 모양이군.'

그 뒤로는 영화에 푹 빠져 시간 가는 줄을 모르고 보았고, 엔딩 크레딧이 올라갈 때가 되어서야 정신을 차렸다.

'나 원, 이게 시시한 오락 영화, 라고? 뭐? 안형욱처럼 맹숭맹숭? 그러는 넌 대체 얼마나 눈이 높은 거냐?'

내가 무어라 한마디 쏘아붙이려 옆자리의 크리스를 보았을 때, 그녀는 영화에 대한 카타르시스에서 헤어 나오질 못한 모양인지 여전히 스크린을 뚫어져라 응시하고 있었다.

'……두 번째 이상 보는 영화일 거면서.'

그래도 생각에 잠긴 크리스에게 말을 붙였다간 또 '입 닥쳐.' 같은 소리를 들을 게 뻔하니 나는 잠시 잠자코 있기로 했다.

그 생각도 잠시.

"좋은 영화지?"

뒤에서 들린 목소리에 나와 크리스는 고개를 홱 뒤로 돌렸다.

그 실루엣은 어두운 영화관에서 영사기의 불빛을 따라 언뜻 비칠 뿐이었지만 그건 이태석이었다.

"아, 오셨어요, 아버지."

"음."

이태석은 자연스럽게 영화관 조명을 켰고, 나는 이태석을 보며 당황해하는 크리스의 얼굴을 힐끗 알아보았다.

'놀랄 만도 하지. 나도 영화에 빠져 이태석이 온 줄 모르고 있었거든.'

뭐, 크리스가 놀란 건 다른 의미겠지만.

대단하기로 따지면 이휘철이 더 대단하겠으나 이휘철은 왠지 현실감이 떨어지는 반면, 이태석은 '모두가 익히 알고 있는 거물 사업가'로서 현실감이 더해져서 그런지 몰라도 그 존재감이 남다르니까.

나는 아직 정신을 못 차린 크리스 앞에 나서서 그에게 빙 긋 웃으며 말을 붙였다.

"오늘은 일찍 퇴근하셨네요?"

"일찍은 아니지."

이태석이 쓴웃음을 지었다.

"다만 그 말을 들으니 내가 어지간히도 집에 늦게 들어오 는 모양이네. 반성하게 되는군."

그러고 보니 영화에 빠져 있느라 시간을 잊었다.

하긴, 원래 지금이라면 '정상적인' 퇴근 시간이기도 하니 까.

"아무튼 네 엄마가 찾기에 혹시나 해서 와 보니 여기 있었 구나."

"설마 계속 계셨어요?"

"아니, 들어온 건 클라이맥스 부분부터였어. 워낙 집중하고 있어서 말을 걸기 뭣하더구나."

이태석이 헛기침을 했다.

"그나저나……."

아, 그렇지.

나는 아직도 얼이 빠진 거 같은 크리스의 어깨를 툭 쳤다.

크리스는 그제야 제정신을 차리곤 이태석에게 공손히 인사했다.

"처음 뵙겠습니다, 사장님. 크리스티나 밀러입니다. 잘 부탁드려요."

"응. 이야기는 많이 들었다. 몸은 좀 괜찮고?"

그러고 보니 저번에 왔을 땐 크리스가 쓰러지는 바람에 두 사람은 오늘이 초면이었지.

이태석이 초면부터 건강을 챙기는 것은 그런 연유였다.

"네, 덕분에요."

"듣기는 했지만 한국인보다 한국어를 더 잘하는구나."

"과찬이에요."

"하하, 그래. 아무튼 크리스, 오늘부터 한 식구로서 잘 지내 보자꾸나."

"네, 사장님."

평소엔 싸가지가 없는데, 이럴 때는 잘 맞추는 것 같단 말이야.

"슬슬 저녁 먹어야지. 네 엄마가 찾더라."

아, 핸드폰을 꺼 놨지.

"네, 정리하고 곧장 올라갈게요."

"그래. 성진아, 그 전에 잠시만."

갑자기 이태석이 내게 손짓을 해서, 나는 그에게 다가갔다.

"예, 아버지."

"〈헝그리 복서〉가 좋은 영화이긴 한데, 여자애랑 단둘이 볼 만한 영화는 아닌 거 같구나."

"……아."

하긴, 초등학생이 보기엔 좀 폭력적이긴 하지.

"앞으론 조심할게요."

"아니, 나는 그런 의미로 한 말이 아니라……."

무어라 말하던 이태석은 픽 웃었다.

"됐다."

그러고는 이태석이 내 어깨를 친근 툭툭 두드렸다.

"그나저나 영사기 다루는 거, 기억하고 있었구나."

"……예."

내가 한 게 아니라 크리스가 한 거지만.

그래도 아마 다음에 하라고 하면 할 수 있을 거 같다.

'미리 알아 둬서 다행이군.'

이태석이 빙긋 웃으며 고개를 끄덕였다.

"그럼."

이태석은 우리를 남겨 두고 먼저 영화관을 떠났다.

"설치는 내가 했으니, 정리는 네가 해."

"그럴게."

나는 연습 삼아 아까 크리스가 영사기를 설치한 순서를 머릿속으로 더듬으며 역순으로 필름을 분리했다.

"이러면 돼?"

"그래."

그렇게 한동안 정리를 하고 있으려니, 크리스의 중얼거림 같은 목소리가 들렸다.

"친한 거 같네."

그 말에 나는 고개를 돌렸다.

"응?"

"아버지…… 이태석이랑."

아, 그 이야기인가.

나는 정리를 이어 가면서 어깨를 으쓱였다.

"뭐, 처음에는 나도 전생의 기억이 있어서 그랬는지 좀 어려웠는데…… 편견을 버리고 보니까 인간적으로도 꽤 괜찮은 사람이더군."

"……"

"또, 생각해 보니까 내가 죽었을 땐 지금 이태석보다 나이가 많더라고."

당연한 이야기지만 이태석은 신이 아니다.

그도 아직 배울 것이 많은 때이고, 지금도 주위에선 '이태석 사장은 아직 어리고 경험이 얕다'는 말을 쑥덕거릴 정도의 나이니까.

전생에는 불편하고 어색한 집안 분위기도 한몫을 한 바람에 내가 그를 어려워해서 먼저 거리를 두었으나, 이번 생에 알고 보니 그는 단순히 친해지기 어려운 것일 뿐, 인간적이고 괜찮은 남자였다.

'상황만 아니면 나도 그와 우정을 쌓아 갈 수도 있었겠지.'

이태석 역시도 그 입지전적인 면모와 달리 알고 보면 간신히 그때그때를 이겨 가는 평범한 남자였다.

'뭐, 평범……하다고 말하기에는 스펙이 아득히 높긴 하지만 말이야.'

나는 전생의 나를 떠올리며 크리스에게 조언 겸 이야기를 전했다.

"아무튼 이태석은 출근이 빠르고 퇴근이 늦어서 잘 못 보긴 할 테지만, 너도 그렇게 어려워할 거 없어. 당장 한성진네 남매랑도 꽤나 잘 지내고 있고 말이야."

"……."

"아, 그리고 이태석은……."

"거기."

크리스가 내 말을 끊으며 내 정리에 끼어들었다.

"여기는 지문이 남지 않게 조심해."

"아, 그래."

관심이 있는 건지, 없는 건지.

저번에 녀석이 했던 말마따나 '인맥' 운운할 거라면 이태석만한 사람도 없을 텐데 말이다.

'흠, 혹시 전생에 이태석이랑 알고 지낸 사이인가? 그것도 별로 좋지 않은 사이인…….'

나는 홀로 생각하며 묵묵한 크리스를 따라 영사기를 정리했다.

다음 권으로 이어집니다